每一个四季，
都是自己的
人生

丁立梅——

著

秋
autumn

——

冬
winter

作家出版社

我吹过四月的风，
我淋过十月的雨，
这人生，
算得是圆满了。

每一个四季，

都是自己的人生

目录

原始的天真

当我们成长起来，懂得掩藏、修饰和节制，不喜于形，不怒于色，
我们离原始的天真，也就远了。

八 月

天上的云朵，地上的小孩

天上有云朵在飘，地上有小孩在跑，路边有繁花在开，空中有鸟雀在飞。
岁月安详，流光如银。

目录

水墨泼染的大好河山

感谢我栖居的小城，有这么多的花草树木，鸟和虫子们都是自由的，月亮也能按时出来。

十 月

静 水 流 深

　　它是赤脚奔跑的小娃娃。它是枝头蹦跳的小鸟。它是一只小熊，一只小獾，一只憨憨的小旱獭。它有它的音乐弹唱，叶子做成笛，花瓣做成瑟，吹之奏之。

每一个四季，都是自己的人生

我吹过四月的风，我淋过十月的雨，这人生，算得是圆满了。

十二月

它就是天空的小心脏

天空亦是干净的，坦坦荡荡的。星星只有一颗，亮得很，像谁遗落的一颗红宝石。
或者可以这么说，它就是天空的小心脏。

山与山有什么不同？这是我想知道的。

每一座山，就像这世上的每一个人一样，都有它自己的故事吧。

七月
July

原 始 的 天 真

当我们成长起来，懂得掩藏、修饰和节制，不喜于形，不怒于色，我们离原始的天真，也就远了。

"共生"的美好

一日

我推窗，惊着了在窗台上睡觉的鸟。它们扑扑翅膀，惊慌地轻啼了两声。我忙抱歉道，别怕，别怕，我不会伤害你们的。轻轻合上了窗。

真意外啊，我的屋檐下，居然借住着几只鸟儿。

它们都是些什么鸟呢？小麻雀？白头翁？野鹦鹉？野鸽子？画眉？白天，我看到几只野鹦鹉，在我楼下的栾树上唱歌。也看到几只小麻雀，蹦跳到我的窗台上来玩耍。

它们是一家子么？有爸爸，有妈妈，有孩子。我把室内的灯光调暗，站在暗里头，快乐地想。

它们真会挑地方。这窗台上，我搁着不少的花，太阳花，茉莉花，海棠花，都盛开了。一朵比一朵俊俏。它们是被花吸引过来的，一定是这样的。

枕花而睡，闻香而眠，这几只鸟，真懂生活。

我待在窗台边，欢喜了老半天，这不请而来的小客人，它们让七月的这个夜晚，呈现出不一样的静谧和安宁来。

天上几颗星，照着我，也照着它们。我在呼吸时，它们也在。它们伴着花而眠，我伴着它们而眠。我体会到"共生"的美好。

原始的
天真

二日

　　读丰子恺的文章。

　　丰子恺写儿童的，最好。他写出了儿童原始的天真。若是配了他画的画来读，更传神。他以儿童为主角，画过很多的画。

　　炎夏的天，他率四个孩子，坐在槐树荫下的地上吃西瓜，四个孩子分别是 9 岁的阿宝，7 岁的软软，5 岁的瞻瞻，3 的阿伟。夕暮染紫，凉夜青味渐浓，风拂动孩子们的细发，一切都是恬淡静好的。这份舒畅，流进孩子们的身体里，扭开了他们快乐的开关。3 岁的阿伟首先表现出这种快乐来，他一边啃瓜，一边笑嘻嘻摇摆着，嘴里发出如小猫偷食时的啊呜声。5 岁的瞻瞻立马应和，作诗一首："瞻瞻吃西瓜，宝姐姐吃西瓜，软软吃西瓜，阿伟吃西瓜。"7 岁的和 9 岁的两个孩子，也热烈响应起来，他们用了散文的、数字的表现手法，向他报告："四个人吃四块西瓜。"

　　丰子恺对四个孩子的作品，在心里进行了评点，他认为，3 岁的阿伟，那啊呜的节奏，最为完全而深刻，是音乐。5 岁的瞻瞻，用诗歌形式表现了他的快乐，已打了一个折扣了。到了软软与阿宝的散文的、数学的、概念的表现，已接近肤浅。可是，相比较于大人们来说，这样全身心投入吃西瓜一事上，孩子们的心眼，又要明慧得多完全得多。

　　他感慨道：

　　天地间最健全的心眼，只是孩子们的所有物，世间事物的真相，只有孩子们能最明确、最完全地见到。

　　我们也曾是孩子，有过最健全的心眼。然当我们成长起来，懂得掩藏、修饰和节制，不喜于形，不怒于色，我们离原始的天真，也就远了。

时光里，有
淡淡的甜香

三日

　　天的情绪，有些捉摸不定。午后好好儿的，突然的，下起了雨，且
下且狂。

　　我把一盆仙客来捧出去喂雨。从一月，到七月，它一直在开花。它
是慢性子，一朵花总能开上十天半月的。艳红着，像小女孩辫梢上的蝴
蝶结。别人都称奇，说，一般这种花能开上一两个月，就算是命大的了。
花当知你人好，所以肯为你一开再开。

　　这话听着让我快乐。此生我也许并无多大出息，却有值得骄傲的东
西，那就是，一直心存热爱，懂得珍惜和感恩。

　　我顺便给阳台上另几盆花草理了理"发"，绿萝、铜钱草、吊兰、
海棠、珍珠莲。夏天里，它们都有些疯长了。理过"发"的花草们，显
得更精神抖擞。我弯腰做这些，雨在敲着我的窗，时光里，有淡淡的甜香。

　　翻看《红楼梦》。雨打在潇湘馆外的竹梢焦叶上，林黛玉触景生情，
吟出一首《秋窗风雨夕》，正自感叹"不知风雨几时休，已教泪洒窗纱
湿"时，宝玉来了。一来就问她："今儿好些？吃了药没有？今儿一日
吃了多少饭？"一面又忙一手举灯，一手遮住灯光，向黛玉脸上照了一
照，觑着眼细瞧了一瞧，放心了，笑道："今儿气色好了些。"

　　曹雪芹真是鬼才，只淡淡的几句家常话，就把一份爱恋，写到骨子
里去了。再动人的海誓山盟，哪抵过这样一句家常的问话，今儿一日吃

了多少饭？

这是真爱啊！

耳畔似响着牛羊的叫声，让我恍惚置身在辽阔的大草原上，鲜花碰着了脚趾头。不远处，雪山如一只大胖熊，很不安分地蹲着。

从新疆归来，我的心神，一时半会儿还没跟着回来。

天
淌汗了

四日

天很不高兴的样子，愁云叠着愁云，雨雾叠着雨雾。

天为什么不高兴呢？

也许只有孩子知道。孩子会说，天被它爸爸打屁股了，疼，所以哭了。

或者是，天肚子饿了。或者是，天生病了。或者是，它的好玩具被其他小朋友弄坏了。或者是，啊，它不想睡觉，它想玩儿，可是，却被妈妈塞进被窝里，要它睡觉。或者是，它不想被关在家里，它要和其他小朋友一起玩。

嗯，天的不高兴，到底为的是哪一种呢？

我捉了一个小孩来问。小孩是我大弟的小儿子，幼儿园中班的小朋友，假期来我家串门儿了。

小朋友正玩得高兴呢，用一辆玩具挖土机，挖我的地板，想看看下面是不是藏着宝藏。

我捉他入怀，指着窗外问他，小宝，你告诉姑姑，天为什么一直在哭呢？是不是它不听话，惹姑姑生气了？

小朋友亮晶晶的眼珠子，看定窗外，突然认真回我，姑姑，天才没有哭呢，那是它玩得热起来了，淌汗了。他"哧溜"一下，摆脱我的拥抱，滑到地板上去了，继续忙着去挖掘我的地板，额头上沁着细密的小汗珠。

我听到童年在敲门

五日

　　我被一片小小的丛林迷住了。

　　丛林里，一条小径，弯曲其间，像蜿蜒着的一条小蛇。我目测了一下，这片小小的林子，不过五六百平米的样子。它一侧傍河，一侧傍路，因附近居民不多，且这片小林子里，没有安装路灯，故少有人晚间在这儿走动。

　　我是知道这里的。它靠路的一侧，长了两排结香，春天我来赏过花。树多以榆树为主，秋天一片金黄，我亦来此赏过金黄的榆树叶。现在，是晚上七八点，我一路散步至这里，我被一种巨大的静谧，震慑住了，我看到了萤火虫！这小小的精灵，这在乡村亦已少见到的精灵，它们是从哪儿来的？

　　黑里头，这些晶晶的亮的光点，像凫游在空气里的钻石。有好几十只的。它们忽上忽下，忽左忽右，无声地飞翔，比轻风更轻。可我，还是听到它们快乐的歌声和笑声。

　　我感觉自己是进入到童话世界里了。

　　我伸出手，静静等。终等到一只萤火虫飞来，停到我的掌中。这小东西沿着我的手指，慢慢攀爬。它把我的手指头，当成一片树叶了，它心里头一定无比好奇，怎么有这么光滑的叶子呢？

　　我想带它回家，然又不想它失去自由。最终，我笑着看它，愉悦地飞走。

　　有一瞬间，我听到童年在敲门。它携带着一些稚嫩的夏夜而来，那么多的萤火虫，像满天的星星掉落下来。我跟萤火虫一般年纪，也是小小的，小小的，我追着它们跑，跑得满头大汗，风里飘来稻花香。

六日

　　石塘人家，原是一个叫石塘村的地方，离南京城大约三四十公里远。是掩映在大山里的一个千年古村落。

　　我来，是因一场讲座。《初中生世界》有一期文学夏令营，在此安营扎寨。

　　我们的车子，在山路上好一通盘旋，才抵达这里。

　　一见，惊艳。没想过大山里，还藏着这么一块"绿宝石"。真正是绿，满山满坡的绿。人家的房屋，掩映在绿里头。路转山头忽见。再转山头，又忽见。真不知到底有多少条巷道，多少幢房子。

　　一两声鸡啼，藏在树后。鸟鸣声柔美，是被绿浸染了的。这歌喉，适合唱越剧。一村人执了鱼竿，施施然穿巷而过。

　　入住的客栈，家具都是老式的，木头的气息，徐徐散出。站观景阳台，可望见下面的小池塘，塘边绿树婆娑。塘后面，是青山隐隐。

　　当地人推荐我去看看他们的竹海。竹海在山上。山间有小湖，山影在水里面婉约。绿，比竹叶更绿。那么多的竹，遮住了天日。

　　紫色的小花，在路边扎着堆。见过，却一下子叫不出它的名。它不介意，来者都是客。笑迎。

　　山与山有什么不同？这是我想知道的。每一座山，就像这世上的每一个人一样，都有它自己的故事吧。

　　回头，顺着一条道走，走着走着，又走回原来出发的地方。一路有水声叮咚，白花花的水，跌跌撞撞。家家都长花，蜀葵和紫荆，开得有碗口那么大。有一家还种了几棵向日葵，欢实地开着，惹我举着相机，对着它们拍了又拍。

　　树影重重，雾霭腾起。雨忽然落下来，一阵风吹得雨珠乱摇。雾气是越来越大了，四面的山，都没在雾里头，像舟。红灯笼在雾里头，一闪一闪的。

早起的石塘

七日

　　早起的石塘，安静得像绿。那些绿，堆得满满的，厚厚的，天空也给染绿了。我见到一抹朝霞，在山的后面，身上也披着绿。

　　在村子里闲走，遇见许多的花草。南瓜花、丝瓜花、各色的菊花，还有无数的小野花，都是随意任性的，它们你中有我，我中有你，无限亲密。一只瓮旁，站着一丛蜀葵。石径的两旁，趴着些小野菊。

　　真喜欢那样的石径，绿的草，从石缝里钻出来，两旁的花开得野性十足。它率领着这些花草，顺着山势向上走，突然一扭腰，拐个弯，不见了。半山腰，守着一幢粉墙黛瓦房。

　　上上，下下，左左，右右，道道相连，又各成一家。每家都有树，有草，有花。鸡也自在，狗也自在。狗在路中央蹲着，不吠，你走，它跟着送几步。复又走回去，蹲着。

　　小池塘，四周都是花。小树林，林中有亭子。水声不知响在哪里，鸟声不知在哪里落下。鸡啼声粒粒可闻。像小石子投进湖心，溅起水花几朵，随后，复归宁静。

　　我走一圈，没碰到人。在我即将到达入住的客栈门前，才遇到一妇人，她挎着篮子，篮子里搁着黄瓜几根，茄子几只，韭菜一把，上面雨露晶莹。想来是从地里刚回的。一只小白狗紧跟着，合着她不紧不慢的脚步，一起下了山坡。她的家，应该就在那山坡下。

八日

季节从不撒谎，到什么时候，就做什么事儿。

眼下，已进入小暑。小暑小热，天也就像模像样地热起来。

蝉率先扯开嗓子，拉开大旗迎接这小暑。清早尚在睡梦中，就被它们给吵醒。闹嚷嚷的，一浪高过一浪去，如同赶集似的。

酷热的正午，它们越是叫得激烈且激昂。堪比斗士。它们要跟谁斗呢？好像是跟长了刺的阳光在叫阵。嗯，这个时候的阳光，都长了刺，晒到身上，有针刺的感觉，火辣辣的。

翻了几首写小暑的诗来读。唐人元稹的《小暑六月节》被引用得最为广泛，这首诗在元稹大量的诗文中，并不突出，属平平之作，只因它迎合了小暑这个节气：

倏忽温风至，因循小暑来。

竹喧先觉雨，山暗已闻雷。

户牖深青霭，阶庭长绿苔。

鹰鹯新习学，蟋蟀莫相催。

它如实描述了小暑有三候：一候温风至；二候蟋蟀居宇；三候鹰始鸷。说的是小暑来了，风都是热风了。蟋蟀怕热，躲到人家的屋檐下纳凉去了。老鹰带着幼鹰飞向高空。

在另一个诗人独孤及的小暑里，有艳艳的石竹花在开。石竹，又名绣竹、石菊，花如同用剪刀裁剪过似的，又恰似用丝线绣上去的。每瓣花上，都有着好看的齿痕。花又多色，艳丽，是极易生存的一种草花。诗人由花及人及时光，面对光阴匆匆，一任愁肠百结：

　　殷疑曙霞染，巧类匣刀裁。

　　不怕南风热，能迎小暑开。

　　游蜂怜色好，思妇感年催。

　　览赠添离恨，愁肠日几回。

　　暑热里读这样的诗，有了凉意，蓦然间也惊了一下，日子真快呵，一年都过半了。时光催人老。

　　宋代晁补之的《玉溪小暑》，却有着满满的喜悦：

　　一碗分来百越春，玉溪小暑却宜人。

　　红尘它日同回首，能赋堂中偶坐身。

　　小暑的天，诗人来到玉溪这个地方，与友人相聚，他们饮着美酒，吃着美食，山水青绿，情意深厚。自由的风，吹着自由的灵魂，一切都是宜人的。这样的好时光，是要刻进脑子中的，它是人生不可多得的干净、无拘和奔放。

　　我猜想，那当是诗人的白衫少年时光。

我会继续矫情下去

九日

看到一个读者写我：

丁立梅是一个怎样的人？

是一个能够在窒息里闻到花香的人；

是一个能够在嘈杂中听到鸽哨的人；

是一个能够在凌乱下发现热爱的人；

她细腻得有些矫情。

但正是她的矫情，常常能够击中读者心中柔软的部分。

我停下来了，想一想这个所谓的"矫情"。我矫情了吗？似乎是。不然，何以在我牙疼的时候，无比庆幸着，幸好不是眼睛疼。又何以在生离死别跟前，看着一棵草一朵花，会笑出泪来。对，生命它以另一种方式存活着，或许它变成了一棵草，变成了一朵花。

我无比清楚地知道，生活的真相是什么。它是疼痛，它是衰老，它是别离，它是挣扎，它是丑陋，它是奔波，它是仇恨，它是抱怨……可是，它也有另一面，它是欢喜，它是新生，它是遇见，它是融洽，它是美好，它是相聚，它是热爱，它是善良……

人活一世，没有谁是容易的，我们要历经种种的苦痛与煎熬，有些是不得已，有些却是自找的。不得已的，我们只有全盘接受，比如我的牙疼。然又在那牙疼里，发现另一种幸运，幸好眼睛还是明澈的，我还能看见这世界的姹紫嫣红。自找的，我就很鄙视了，明明活在阳光里，偏要往那暗里头钻，弄出一副苦大仇深的模样来，仿佛全世界都欠了你的，以示与众不同，以示活得深刻。——你这样做，除了叫人郁闷外，没有一点益处的，你自己痛苦，他人看着也痛苦，何苦来哉？

是，我们每个人都有流泪的本能。如果眼泪能解决问题，如果整天裸露着伤疤，能让世界变得美好起来，那你就去哭吧，就去裸露着吧。然事实上，不是这样的。眼泪和伤疤，给他人带不来一丝幸福和愉悦。有时，甚至会让人倍感失望和绝望。

我所理解的生命的意义，是在于能在混浊中，找到清澈。能在石缝中，看到花开。能守得了灰暗、烟雨和不堪，等来幸福和光明。这一些，需要的，是真诚的热爱。倘若没有热爱，这个世界，将变得很可怕。

嗯，不错，我会继续矫情下去，继续去爱花爱草爱这个世界，找到活着的真谛。

台风蓝

十日

　　台风到来前，天空蓝得惊人，厚棱棱的，像倒了一天空的蓝玉浆。白云朵扎着堆儿，你追我，我追你，跟赶趟儿似的，在天上闹得慌。"帝乡白云起，飞盖上天衢"，——这两句诗很应眼前景。

　　有人给这样的天空命名曰："台风蓝"。细细琢磨这名字，越琢磨越觉得有意思。想台风一路癫狂，巧取豪夺，实在没一点讨人喜的地方。然它带来的这台风蓝，算是额外的福利了。万事万物，皆具两面性，这是生活的哲学。

　　雨欲来，不管，且安心地先享用这台风蓝。

　　风满满灌进屋里来，吹得人的毛孔大张，真是舒坦。我写作，就写白云朵。想象着每一朵云，都自有它的好归处。

　　黄昏时，天空现出了彩虹，瑰丽得像撒了大把大把的玫瑰花。

　　植物的美貌，经久着。紫薇的花，凌霄的花，每回回看见，每回回要欢喜。我走在花中间，循着蝉鸣而去。一抬头，看见月牙儿了。小小美人，隔着云端，笑弯了眼。当此时，河水涨绿，树木葱茏，虫鸣悠悠。人间好时节。

大幸运

十一日

趁着做晚饭的当儿，我跑进书房，写上两笔。写着写着，忘了锅里事。待厨房里冒出滚滚浓烟，我还莫名其妙着。一愣神，方想起，天哪，我在做晚饭哪！

冲过去，锅上已黑烟腾腾，——那口盛着菜肴的锅，快被烧焦了。

我的脑子一片空白，幸好没忘了先关了煤气。一盆水泼下去，锅"嗞嗞"狂叫，激起的水花，在我的胳膊上，留下了几个小水泡。浓烟们慌里慌张，从门窗里往外逃窜，楼下有人惊叫，这是咋啦？楼上谁家起火了？

我硬着头皮伸头答应一声，放心吧，没事了。也不好意思多解释，忙忙缩回头，收拾现场。

那人下班归来，远远就闻见一股焦煳味，他在心里还挺鄙视的，谁家这么大意，把锅都烧焦了？等他上得楼来，敲开自家的门，浓烈的焦煳味满满扑向他，后面跟着一个讪讪而笑的我，他当即明白了，原来，是他家这个超级有才的媳妇干的。

没伤着哪儿吧？这是他问的第一句话。

下次你不要做饭了，等我回来做，这是他说的第二句话。

很感谢他，不是责怪，不是埋怨。嗯，天下第一等聪明男人。

事后想想，真是后怕。若我再晚些发现，是不是会发生煤气爆炸？是不是房子会燃起来？我们庆幸着，躲过了一场大祸。为此，特地喝酒庆祝。

每一天，你是健全，安康的，你就是大幸运了。

蝉声大作的清晨

十二日

今年的蝉，似乎比往年多了些。

清早，人尚在迷迷糊糊中，就被它们激越而激昂的歌声叫醒。蝉声盖过了鸟声，盖过了早起的市井之声。不恼，躺床上静静听听，这免费的歌声。虽说有些鼓噪，虽说它们的歌喉不算好，甚至常常唱走调了，可人家想歌唱的心，一点也不打折扣。它们无比热爱着生命，让活着的每一个时辰，都明亮且愉悦着，这就很叫人肃然起敬了。

太阳尚未升起，清晨因这波涛般的蝉鸣声，渐渐苏醒过来。风被蝉声灌得鼓鼓胀胀的，穿窗入户，送着清凉。露珠被蝉声摇落，从一片叶上，摇落到另一片叶上；从一朵花上，摇落到另一朵花上；从一颗心上，摇落到另一颗心上。

我看见我阳台上的几朵茉莉，和一盆圆圆的铜钱草，轻轻地、舒服地叹了口气。太阳花也被蝉声唤醒，它们揉着惺忪的眼，嘻嘻笑着，一朵一朵，撑起明媚的小脸蛋。

我跳过去数了数，一共开了十七朵。

紫薇花对
紫薇郎

十三日

　　黄昏时的天空，像个贪玩颜料的小孩子，身上脸上，全都被颜料涂抹得花花绿绿的了，红的蓝的紫的粉的，哎，幼稚天真得不像话了。

　　却又不得不承认，这样的天空，真是好看啊，率性、明丽，有着大把的热情。

　　紫薇花不声不响已占了半壁江山了。我一出小区的门，就被它们吓了一跳，这才几天没留意啊，路两旁，已全被它们给占领了，衣袂飘飘，浩浩荡荡。

　　"盛夏绿遮眼，此花满堂红"，它的出现，似乎专门为安慰盛夏而来。

　　伸手搔搔它光滑的枝干，看它是不是真的怕痒，——这是每年遇到紫薇花时，我必玩上几回的事。可能是它头上缀着的花太多了，太沉了，它并未因我的抚摸而"彻顶动摇"。然想起它的别名——痒痒树，我还是忍不住一乐。

　　"丝纶阁下文书静，钟鼓楼中刻漏长。独坐黄昏谁是伴？紫薇花对紫薇郎。"这是白居易的紫薇花。白居易写这首诗时，正是春风得意马蹄疾的时候吧？他风华正茂，目光炯炯，官至紫薇郎（紫薇郎即中书令）。他入得中书省，作文赋诗。黄昏安静，窗外的紫薇花，沸腾着，如云如霞。他随口吟出一句，"紫薇花对紫薇郎。"彼时，那花不是开在窗外，是开在他的心上。

　　然人生总是充满变数,谁能持久地握得一缕花风呢？白居易的中年,跌进寒冬,他被贬为江州司马。这年夏天,他在浔阳官舍里,再度与紫薇花相逢,心境却是大大不同了。他对着院中的紫薇树默然良久,怅然写下:

　　紫薇花对紫薇翁,名目虽同貌不同。

　　独占芳菲当夏景,不将颜色托春风。

　　浔阳官舍双高树,兴善僧庭一大丛。

　　何似苏州安置处,花堂栏下月明中。

　　人生的惆怅,莫过于物是,人却非。花虽换了地方,然似乎无有变化,还是独占芳菲,沸腾着一捧一捧的好颜色,而他,青丝已变白发,心上早已老茧遍布。

　　但愿他年我再度相逢紫薇花时,还能有着孩童的心理,伸手去搔搔它的痒痒。然后,独自在瓦蓝的天空下,微笑一回,吟出一句:"紫薇花对紫薇郎。"当然,我是女郎,可爱的女郎。

婚姻的
动人

十四日

的士司机接我们上车时，嘴里一直在哼着歌。这是苏州，傍晚五六点。

车窗外暑热暄暄，一颗圆滚滚的落日，把一些楼宇的玻璃窗，照得光芒万丈。

的士司机边哼歌，边扭头看看我们，说，这种天，在外面走很热啊。

是啊，是很热，我们答。很奇怪他怎么这么快乐。

他看上去，四十来岁。口音不像本地人。问及，果真不是本地的，是河南的，来苏州七八年了。

你们是来旅游的？他问。

啊，不，来有事呢。我们答。

苏州这个城市蛮好，如果有空，你们不要急着走，多逛逛。他建议。随即又哼起歌来，很快乐。

车子拐一个路口，再拐一个路口，我们的目的地到了。的士司机打个口哨，愉快地说，你们到了，我也到了，拐个弯，就是我的家，我也要回家了，今天不再接客人了。

我随口问，为啥？这会儿下班，客正多着呢。

他笑了，客多也不中，我老婆今天生日，我要陪她吃饭。

我早上出门跟她说好的。他又补充一句。愉快地跟我们挥挥手。

绿灯亮，他拐个弯，不见。我们站在原地，微笑着目送许久。

我老婆今天过生日，我要陪她吃饭。——婚姻的动人，这算得上是一种吧。

我是来看荷花的

十五日

下午四五点，去逛拙政园。

园分东部、中部、西部三部分，以台、亭、榭、楼、阁组成。

最多的，要数亭子了。几步就能撞到一座，都有飞檐翘起。什么雪香云蔚亭、待霜亭、绣绮亭、荷风四面亭、远香亭等等，各有各的名头。为等秋霜落，也要造个待霜亭，雅趣真不是一般的高。

有亭自然有水。有水又得有山有石衬着。山水之瑰丽，也便全在一园中安放了。

歌台舞榭，几度辉煌，又几度衰落。与谁同坐？也只能是明月清风了。

上下五六百年，园子走马灯似的，多易其主。想人生营营役役，到头来，不过是青冢之上一抔土。谁能永久坐得江山呢！

那些精雕细琢，费尽心思的布局，且不去看，我自去看树看花看草。识得木瓜树和木香树。木瓜树四百多岁了，枝干已被岁月掏空，然上面依然枝叶茂密，结了许多的果实。我摘一枚叶，手被刺到。原来，它的叶有锯齿，不可侵犯。木香树一百多岁了，据说花开时，香气远播到园子外头去。

我其实，是来看荷花的。满拙政园里，有水的地方，几乎都种上荷花了。荷叶满铺着，阔大肥硕，若那上头站上十只八只蛙，一齐吹拉弹唱，应不在话下。荷花大多数才含苞，粉粉的烛火般的，轻摇着。这才最好看。全然打开了自然好，却没有了含蓄和想象了。

　　夕阳掉在荷花池里，产出无数条"小金鱼"。这景象，让我看了又看，直到那些"小金鱼"完全消融成一抹抹红印子。最后，那些红印子，也都被荷花的影子给吞下去了。

十六日

在大夏天跑步，是很要点毅力的。

每日出门，也很纠结——屋子里多凉快啊，空调开着。外面却像个火炉子，即便是到傍晚了，那水泥路面上蒸出的热气，还是能灼伤人的。迎面吹过来的风，都跟带着火星子似的，烫着呢。

然一旦出门了，一旦开始跑开了，脚步倒停不下来了。每次也不跑多，就围着一个林子边的小型跑道，跑上十圈，刚好五公里，用时三十五分零七秒。

今日刚跑完一公里，就有些吃不消了。蝉扯着嗓子在身旁拼命叫，我担心它们会把嗓子给扯破了，那声势的浩大，把温度又给搅腾上去几度。太热，腿迈不动，我想着再跑一公里就停下来吧。结果，两公里后，我又想，不如再坚持跑一公里吧。等这一公里也跑完，又想，干脆再坚持一下，把剩下的两公里都跑完吧。

最终，我胜利了，万分有成就感。我想，假若我在半途稍稍妥协一下，今天的目标就无法达到。——做任何事，都贵在坚持，坚持一下，再坚持一下，也许就实现了呢。

天已完全黑透了，我站到桥上去吹风。我一面看水，一面想，倘使我不跑步，这三十五分零七秒，也多半是被我浪费掉了。看电视，或是发呆，或是东摸摸，西看看，一眨眼也就过去了。然因我用来跑步了，这三十五分零七秒，就变得结结实实的。我锻炼了体质，增加了生命长度也不一定，这是其一；我耳朵里灌满虫鸣蝉叫，这大自然美妙的乐章，关在空调间里是不大听得到的，这是其二；我看到黄昏的霞光，像渔网一样的，撒满天空。它网住了夕阳这条大鱼，慢慢收网，把它带回家了。紧接着，大鱼产下的卵——星星们出来了。我欣赏到美，这是其三。

等我跑完这三十五分零七秒，顶着一头的星星，慢慢走回家的时候，我的一天，堪称完美。

从前的夏天

十七日

　　烈日、热浪、蝉鸣、蛙叫、蚊飞……嗯，大夏天该有的元素，都有了。空调从早开到晚。

　　从前的夏天，也是这么热的。从前却没有空调，连电风扇也很少有。

　　于是有了"趁早凉"一说。天刚蒙蒙亮，全村人几乎都起来了，得趁着太阳还没睡醒的当儿，去地里忙活会儿。棉花要整枝打杈，秧田里的草要锄，玉米棒该掰了，活计是天天有得做的，一着接一着。小孩子也常常被叫起，要去棉花地里捉虫子。一种叫"棉铃虫"的虫子，专爱吃棉花的花蕊。还要趁着早凉去割羊草猪草。

　　太阳刚一冒出头来，就跟个大火球似的了。小孩子们赶紧往家跑，大人们还得在地里赖上一赖，他们得多忙一会儿，直到晒得实在扛不住了，才回家。

　　粥从早晾到晚，用大盆子装着，放在井水里，一日三餐，全家人都喝它。竹叶茶也是从早晾到晚，大瓷盆泡着，谁渴了，回家来，自去舀上一碗，"咕咚"入喉下肚。真解渴。地里的瓜多，香瓜、梨瓜、菜瓜，采上一些，井水里冰着，想吃的时候，捞起一只来，皮都不用削，就啃下去，凉透心了呀。

　　我们整天待在屋后的竹园子里。午睡也在竹园里，地上铺一凉席。头顶上的蝉叫得真热烈。热得受不了了，就去打一桶井水上来，把地浇上一浇，顺便把脸和胳膊，都泡在里面。每个毛孔都凉飕飕地打着冷战，真舒服啊！

　　晚上，屋子里是不能待的，太闷太热。没事，屋外的天地宽广着呢。门板儿卸下来，在屋门口搭着，可当饭桌可当床。晚饭后，家里人人手里一把蒲扇，坐场院上纳凉。天上的繁星，大如蜜枣。小孩子们坐不住，去扑萤火虫，去捉纺织娘，忙着呢。玩累了，往门板搭的床上一躺，数数天上的"蜜枣儿"，数着数着，眼皮打架，阖上了。不用担心被蚊虫叮咬，自有一把蒲扇，在一旁摇着，是祖母的，是母亲的。

　　为了延长蒲扇的使用寿命，每把蒲扇上，都被祖母用布条子细细滚了边。拿手上很沉。摇起来，风也是沉沉的了。不喜。那时，我一直盼望着拥有一把没有滚上布条子的新蒲扇。

牙疼、大雨及花朵

十八日

每次牙疼，都让我痛不欲生。

半边嘴巴，发展到眼，发展到额，发展到整个头。不能碰，一碰，疼得钻心钻肺，像有锥子在锥。我藏无可藏，躲无可躲，只能任它宰割。

这是父母赐予我的"大礼"。遗传，这强大的基因，它在我身上，如此安上。我爸我妈的牙都不好，年轻时就开始掉。我的记忆中，他们捧着嘴巴哼哼的样子，最为深刻。那是他们牙疼发作的时候。

我几乎百分百复制了他们的疼痛，每疼痛一回，就念他们一回。从前是抱怨着的，埋怨他们把不好的基因给了我，弄得他们很内疚，很对不起我似的。

现而今，我已不抱怨。时时疼痛，又何尝不是一种提醒？知我从哪里来，知我的根在哪里，知我的血液里，流着谁的血。

今日牙疼，我又想他们了。

午后，小睡，被雨敲打晾衣架的声音吵醒。起来看，乌云密布，狂风骤起，它们吼着叫着，拍打着门窗。

雨来不及落，直接倒下来，一桶一桶的，在半空中腾起巨大的烟雾。树们草们高兴坏了，大口大口喝着雨水，兴奋得直晃脑袋。

多么及时的一场雨！下了近半个小时，烟消云散，太阳又火球般的挂在天上了。然因这一场雨，空气里，都是湿润清凉。傍晚出门散步，风爬在身上，亦是湿润清凉的。

　　石榴花还见开。夹竹桃的花朵零星着。凌霄花是个精力旺盛的少年，它茂盛地开啊开啊，它的人生路，还长着呢。

我爸和我妈

十九日

跟我爸说，天热，别待在外面知道吗？

我爸答应，哦。

每天要准时吃饭，知道吗？

我爸答应，哦。

药也不要停，要听医生的，知道吗？

我爸尿道受阻，为此，他很受此病困扰。去医生开得一种药，必须连续服三个月以上，才有效。我爸像个孩子，怕吃药，得监督着才行。

我爸答应，哦，我没有停药。

你让妈也少干点活，告诉她，地里没有金子挖。倘若热坏了身子，还得我们做子女的送去看，所花费的钱，比她挣的要多得多。

我爸这回不"哦"了，他万分委屈地说，你妈不听我的。这大热天的，我让她不要去地里，她就是不听，她舍不得地荒着。

你妈这个人啊，一辈子勤劳惯了，歇不下来的。

我让爸把电话给我妈，我问妈，是不是不听爸的？

妈答非所问，说，你爸这个人，老得不中用了，啥活都不能干了。

地里有金子挖啊？你那么拼命做什么？你是愁吃的还是愁穿的啊，你就不能给我们省省心么！我语气很严厉了。

你爸夜里要起来好多趟哎，他这个病啊。

　　我多做点儿，你爸就不要做了，他就享福了。

　　你爸现在可享福了，整天躲在空调房里。我妈说着，忽然轻笑起来。

　　唉，对我妈的"顽固"，我实在无计可施。她一句，我多做点，你爸就不要做了，他就享福了。让我默然许久。

喂养眼睛

二十日

早起读书，读丰子恺文，读到这么一段：

人生为衣食而奔走，其实眼睛也要吃，也要穿，还有种种要求，比嘴巴和身体更难服侍呢。

眼睛会渴，会饥，会冷，会寒，会孤单，会寂寞。眼睛渴了、饥了，眼神会黯淡无光，人会变得无数打采。眼睛冷了、寒了，眼神会瑟缩成冰，心也会跟着凝结成冰。

一个人的孤单和寂寞，是写在眼神里的。一个人的快乐与美好，也是写在眼神里的。我们说，灵魂需要喂养。其实，是眼睛需要。眼睛丰富丰满了，灵魂才会丰富丰满。眼睛若是贫瘠干枯的，灵魂也必是枯涩荒凉，沙砾遍布。

我们要喂养眼睛些什么才好呢？自然界的花草树木，日月星辰，山川河流，风霜雨露，虫鸣鱼跃，鸟唱蝶舞，这一些，对眼睛来说，都是必不可少的营养。我们的眼睛，时不时地"吃"下这些，才会变得富有色彩灵动温润。才会有日月明朗，四季分明。也才会有喜悦，有热爱，有美好，有着追求和向往。

我们还要喂些艺术给眼睛，文学、舞蹈、美术、建筑……这些人类智慧的结晶和瑰宝，我们的眼睛，怎能错过！当我们的眼睛"吃"下这些时，我们眼神，才会变得醇厚、深邃和丰满，而不是轻飘飘。我们的生命和精神，也才会有厚重有高贵。

　　眼睛是不会说谎的，当我们喂它美好时，它会在心中生长出一份美好来。当我们喂它丑陋时，它会在心中种出一份丑陋来。我们看一个人的素养高低，只要看看他的眼睛，也就能判断个八九不离十了。眼神是清澈的、洁净的，心灵必也是。眼神是混浊的、邪恶的，心灵必也高尚不到哪里去。泄露一个人秘密的，往往不是别的，而是一个人的眼睛。

　　认识一个老者，88岁了，须发皆白，脸上多斑点和皱纹，是一棵老树掉光叶的样子。然他的一双眼睛，却叫人难忘。那双眼睛不大，却明亮，明亮透了，可以用星子做比喻。老人一生有两样爱好，一爱种花草，二爱画画。花草是种了一辈子，他的两间小屋，搞得像个小花园，什么时候去看，都有花在热闹地开着，红红黄黄一大片。画也画了一辈子，对着他种的花花草草画，画稿一摞挨着一摞。问过老人一个很俗的问题，您画了这么多年，想过成名成家吗？老人呵呵笑了，眼睛微微眯起来，两粒星子在里面跳跃，他说，哦，我画，只是因为我喜欢画，与别的没有关系哦，我娱悦的是我自己。

　　眼睛明亮，方得精神明亮。老人用他的花与画，喂养了眼睛，清澈了心灵。他一生做着一个明快洁净的人。

每一天
都如初见

二十一日

夜晚的天空，深邃得很，有些像小时候的了。星星们冒出那么多，那么亮，像无数的萤火虫，飞到了天上。月亮从一条河的背后，缓缓地，爬上来。那样一张光滑圆润的脸啊，是用洁面乳洗过的，是用奶油泡过的，一条河立即银光飞溅。

我站在桥上，几乎看呆掉了。自然之美，无穷无尽。每一天都会有新遇见，每一天都如初见。

一对老夫妇，也来到桥上。有意思的是，他们是骑着三轮车来的。老头儿骑着，老太太坐后面，两人说说笑笑的，一路风光。他们把车停在桥头，老头儿牵了老太太的手，上得桥来。

我就说这里好，水也大，风也大，你还不信。老头儿的声音。

阴凉吧？多舒服！你看，还有个亮叶子（亮叶子是我们这地方的人对月亮的称呼）！老头儿的声音。

哦哦，就你能，就你能！老太太的声音。伴随着的是一声"扑哧"轻笑，这声轻笑，让老头儿似乎很受用。

以后我们每晚都来这里吧。老头儿的声音，轻轻的，商量的。

老太太说什么了，我没听清。我已悄悄走开了。我的身后，他们的呢喃，如虫鸣。

路过一个池塘，一片菖蒲正在狂欢，苍苍郁郁。睡莲和荷，都睡了。塘边的合欢树上，还有零星的花在开着，散发出迷人的味道。

读帖

二十二日

　　真的挺羡慕古人的，没有一个读书人不写得一手好字。

　　那时的读书人，才是真的读书人，文房四宝是生活中必不可少的，一股墨香，终日盈室盈身。

　　那是真正的墨香。

　　红袖来磨最好。没有红袖添香也无妨，读书人哪个不练成了磨墨的高手？那是打小就练着的，从写第一个汉字起，就用毛笔蘸了墨来写。磨呀磨呀，一方砚里，慢慢汪出一汪黑黑的浓稠的墨。一砚一砚的墨，变成才华、智慧和艺术。

　　艺术，是真的艺术。翰墨成字，也成花，成果，成木，成石，成溪，成岭，成峰，成雨，成雪，成云……那时的郎中，随便开个药方子，也不定是幅上乘的书法作品呢，只是少有传世下来的罢了。

　　那时的读书人，活得趣味十足。吃顿朋友送的韭花，也会蘸墨写下幅《韭花帖》：

　　　昼寝乍兴，輖饥正甚，忽蒙简翰，猥赐盘飧。当一叶报秋之初，乃韭花逞味之始。助其肥羜，实谓珍羞，充腹之馀，铭肌载切。谨修状陈谢，伏惟鉴察，谨状。

　　都说吃了人的嘴软，杨凝式不单是嘴软了，手也软了，这才有了这幅《韭花帖》。因是答谢朋友的，故字里行间，多的是真挚恭敬，一个个字都往清秀舒朗里走，如盛开着的韭花一朵朵。

犯个肚子痛，也会留下幅《肚痛帖》：

忽肚痛不可堪 / 不知是冷热所致 / 欲服大黄汤 / 冷热俱有益

对着这帖，看着看着，我就发笑起来。哎，不过是肚子痛啊，服服大黄汤就好了。这个叫张旭的唐朝人，也不嫌麻烦，竟磨墨写下这么一帖。墨由浓及淡，再浓再淡，笔走龙蛇，一气呵成，如深谷出岫，愣是弄得肚子痛，也痛成了一场书法秀了。

朋友间的日常问候，更是少不得笔墨传情传意，尺牍之上，尽显真情厚谊。大暑天里，一个叫蔡襄的人，记挂着朋友公谨的病，因是大热天，不便登门拜访看望。遂磨墨修书一封，且随信捎去他的心意——精茶数片：

襄启：暑热，不及通谒，所苦想已平复。日夕风日酷烦，无处可避，人生缰锁如此，可叹可叹！精茶数片，不一一。襄上，公谨左右。

牯犀作子一副，可直几何？欲托一观，卖者要百五十千。

有意思吧？相当有。日夕风日酷烦，没事没事，喝几片精茶就好了。不过是些家常话，然情谊浑厚，全在那笔墨之间。我尤其对他后面添加上去的几行字颇感兴趣，那是事儿说得差不多了，他已落款"襄上"了，突然想起来，还有事得说一说呢，他新得牯犀作的饰物一副，卖的人要百五十千的，他想让公瑾帮着看看，到底值多少钱。

　　这几行字，比之之前的，要小一些，一看就是后添上去的。是突然想起，话未尽呢，遂续着先前的墨，一挥而就。那墨迹里，有着十足的亲近、信任和知心。

追落日

二十三日

　　我和几个朋友一起爬山。

　　在山上，我们一边辨认花草，一边听虫子们唱歌。太多的虫子，在密集的草木里。我叫不出它们的名字。这也没关系，它们也叫不出我的名字。我们都快乐地活着，就好，名字只是个代号罢了。

　　然后，一抬头，我看到树隙间，拴着一个大大的落日。树上的每一片叶子，都被染成金色。我不能对此无动于衷。

　　我甩掉朋友，飞奔下山，只为找块空地，无遮无挡地看看落日。我隐约听到朋友的声音追来，他们说，你跑不过太阳的，它很快就落了。

　　我还是跑，一口气跑到山下。终于到达一块空旷处，然落日它没等我，它已完全消融，在天边留下一摊绯红。云朵岛屿一般浮出，一座，两座，三座……无数座，身上都罩着七彩的光环。

　　这是又一场美啊！我呆呆站着，我为天地间这种大美震慑住心灵。此生不复再见。

　　人生中，哪一次遇见不是唯一？他年再相逢，也只是似曾相识，不是从前的那一个了。我能做的，就是不错过。

　　后来朋友说，看我如脱兔一样飞奔下山，她有泪欲盈，她看到一个澄澈的我。

木蓝

二十四日

初见木蓝，尚不知它的名字。却被它的花色吸引，是我喜欢的温柔紫。花也好看，秀色可餐。一枝上，花一开就是一长溜儿，一个挨一个。像麦穗。紫色的麦穗。

我在南京的一座小山上遇见它。一条砖铺小径，一直修到山顶。两旁的灌木丛里，长有不少野生的木蓝。因它那特别的花穗，让我不由得多看了几眼，看了，视线就离不开了。尚未完全放开的一枝，花苞按序排开，像支珠钗。已然绽放开的，可直接拿来做花冠戴上。它的叶，跟槐树的叶很接近，只是个头儿，要比槐树小多了。它跟槐树应该是亲戚关系。

查阅，果真。它又名"槐蓝"。

可是，它为什么叫"蓝"呢？明明是一团温柔紫。

我寻根问底起来。

很快，我替它找到理由。它的叶，含靛甙，水解后生成3−羟基吲哚，此成分氧化生成靛蓝，是上好的染料。

原来，它就是靛蓝！《诗经》里有："终朝采蓝，不盈一襜。五日为期，六日不詹。"被相思折磨着的小女人，哪有心思采什么木蓝啊，她采了一天了，也没采满一围兜。她相思的那个人，出远门了，答应她五天就回的，这都过去六天了，人还没有回。她嘟嘴又跺脚，发狠的话，

大概说了一遍又一遍，可都是不当真的。只要他回来，他迟归的"过错"，
她都可以原谅。——思念真是熬煞人哪。

　　那人终究是要回的吧，我不替她愁。

　　我更感兴趣的是，她当时身上穿的，定是靛蓝的衣，靛蓝的裙，再
挽一方靛蓝的头巾。她是一枝开在野外的木蓝花。

我的
人间

二十五日

　　我每天醒来，不急着起床。我喜欢听听清晨的声音，蝉鸣，鸟叫，花开，风吹……这鲜活着的一切，如水一般的流淌着。我很感谢这样的鲜活，我在其中。

　　那人在厨房切南瓜，"嚓嚓"有声。很快，我听到豆浆机启动的声音。每天，我们早起必喝一碗南瓜糊糊。这是人间烟火气，是我的人间。

　　南瓜糊盛在贝壳小碗里，色泽莹润。佐以咸蛋、米糕、小饼或是包子。有时，我说想吃烧饼了。那人会早早去买回。烧饼炕得金黄，上面的芝麻粒，鼓胀着香。我咬一口，真心实意说，为了能时常吃到这烧饼，我也要活得久一些。

　　请原谅我的俗世，每日能喝上一碗他亲手做的南瓜糊糊，能吃上他买回的烧饼，我就倍感幸福。

　　看一部情感电视剧。也只看了两节半，就没看下去的必要了。

　　享用婚姻的全职太太，整天活得如漂亮的玻璃人儿，全部的心思，都用在盯老公上。后被小三夺了位，她很是歇斯底里了一阵儿。据说痛定思痛之后，她逆袭成功，成为光芒耀眼的女强人。——我笑，戏到底是戏啊，离真的生活，到底远了点儿。

　　如果当初是郎才女貌两相当，最后却分崩瓦解，我以为原因不外乎有二：

　　一、做了婚姻的寄生虫。

　　二、沦为婚姻的奴隶。

　　我以为，婚姻不是生活的全部，修炼自身才是正道。逆袭不是容易做到的，那是戏。但每天让自己变得更好一点，每天让自己活得充实一些，多点兴趣爱好，多读点书，不丢失自己，还是可以做到的。纵使有一天，婚姻不在，也不至于惊慌失措。

我的
大学

二十六日

　　因翻找一个要用的证件，结果，证件没找到，倒翻出一本大学的毕业纪念册来。发黄的纸张，发黄的字迹，让我不可避免地跌回到从前，那个最青春的年月。

　　小城不算大，有点名堂的街道，横竖也就三四条。有人民路，有解放路，从东走到西，从南走到北，所费不过一两个小时，一个城的精华，也就全部浏览到了。我所念的大学，就蹲在小城的一隅，是所很普通的师范学校。校园内，房舍也简陋，楼高不过五六层。班上共有十个女生，全挤在一间宿舍内，上下床，你挨我我挨你地住着。老师们也都住在校内，家就安在我们宿舍楼后的一排平房里，与我们隔着两排紫薇树，和一排梧桐。我们在宿舍里休息，会听到最家常的声音，锅碗瓢勺不时碰撞，大人叫孩子闹的。也闻到最家常的烟火，红烧肉的味道飘来时，我们都使劲嗅鼻子，真馋哪。偶也有夫妻吵架的声音，在静夜里，听来倍叫人觉得凄凉。

　　女孩们开始学着化妆，涂了艳艳的口红，穿五颜六色的衣裳，周末去谈恋爱，或是结伴去跳舞。我却像个独行客，素面朝天，穿从老家带去的格子外套，一个人跑去图书馆看书。学校虽不大，却很奢侈地拥有一幢图书楼，里面的藏书，在我看来，多不胜数。周末图书馆不开门，我再三恳求那个黑瘦黑瘦的管理员，让我进去阅读。他禁不住我的"纠缠"，把图书馆的钥匙交给我。我在那里，翻阅了古今中外大量书籍，并手抄下几十万字的《诗经》《楚辞》详解。

　　那时，也迷恋上写诗。天天写，写日记一般地写着。起风的时候，写风。落叶的时候，写叶。开花的时候，写花。下雪的时候，写雪。每晚十点半，就寝钟响过，宿舍的灯火会被强行拉灭。我躺在黑暗里，胡思乱想，得到一些好句子了，立马翻身坐起来，摸黑在枕边的纸上，记下来。第二天早上起床看，那纸上的字，一个叠着一个，像倒伏的草般纠缠在一起，我一一辨认，很愉悦。

　　那个时候，我给自己取了个笔名叫"孤帆"。取自于李白的诗句，"两岸青山相对出，孤帆一片日边来。"又，"孤帆远影碧空尽，唯见长江天际流。"我喜欢诗里那种天地苍苍，我独仗剑走天涯的潇洒气。年少时，总是要伪装孤单，骨子里有傲气，梦想着长风猎猎，孤帆一叶。——这没什么不好，年轻人的骨头，就要有股傲气，方能乘风破浪，勇往直前。

　　你有什么样的经历，就能成就什么样的人生。我很感谢我的大学，它让我心无旁骛地读了那么多书，并因此走上了写作之路，成就了今天的我。

栾树
之花

二十七日

栾树是到秋天，才一跃成为"明星"的。那时，它头顶一撮一撮的红果果，像举着灯笼火把似的，把半边天都映得红彤彤的，想不注意到它也不行。那时，也只有"华丽"二字配它。

谁会留意它的夏天呢？夏天，它相貌平平，湮没于无边无际的绿里头。

除了雨，除了风。

雨也好，风也好，它们最是公平，从不曾遗漏掉过任何一缕花香，任何一棵草绿。

夏天一场雨后，风变得没那么急躁了，湿润起来。去林荫道上走走，咦，平日走惯的路，跟往常不一样了，多了些香气。那香气，好闻得很，有些像炒熟的面粉，透着麦粒香。没费多大劲，我就找到源头了，吃一惊，原来，是栾树，它们开花了。且开且落，地上铺一层，被雨水浸泡着，体香就再也藏不住了，漫溢出来。

栾树的花，很细密，黄里印着浅浅的绿，一撮儿一撮儿的，藏在浓密的叶间。倘若不是有心去细看，还真就忽略掉了。谁知这平凡而细小的花里面，有着日后惊人的华丽呢！未来是个未知数，用平凡成就伟大，完全有着可能。对花如此，对人亦如此。

落日
熔金

二十八日

碰见一个黄昏，一个相当令人吃惊的黄昏。

秦皇岛。海边。浅水湾处，一粒粒的人，如虾，戏水玩。有渔家把渔船靠岸，他收了网，抛锚岸上。一个三四岁模样的孩子，用他的玩具小船，装了一小船的细沙，在沙滩上努力推着。摔倒了，不哭，爬起来，继续推。年轻的父母坐在不远处，笑望着他们的孩子。涛声阵阵，海风轻拂，人心简约如一粒细沙。

突然一声惊叫炸响，看，天空啊！很快，很多的惊叫声响起来，大惊小怪的，哇，太美了太美了！我扭头望过去，立即张大了嘴巴，什么声音也发不出。

怎么形容才好呢？隔着一些树木，隔着一些房屋，那如炉火一般熊熊燃烧的晚霞，恨不得把树木点燃了，把房屋点燃了，把一个天地点燃了。它们红红的火舌，像蛇信子般的，四下里舔着、跳跃着，又往无限的高空跃去。夕阳像块烧得通红的炭球，慢慢地，慢慢地，烧熔在树木和房屋的后头。我始才见识了，所谓"落日熔金，暮云合璧"，到底是怎么一回事了。

很快，从那通红的"炭火"里，迸出无数道虹一般的光芒来，紫一道，蓝一道，黄一道，粉一道，它们迅速地，把周边染得五颜六色。云层变厚，如七彩的地毯一般哗啦一下铺开，一径铺开去。天空到底在举行一场怎样的盛会，要如此铺张？哎哎哎，奢华得不像话了！

这样的绚丽，持续了约莫半刻钟，云彩才渐渐变稀，曲终人散。一切的喧哗，渐渐停息。一枚弯弯的月亮，浮现在头顶上。

活着的
意义

二十九日

　　卖杏梅卖桃的老人，站在路边。他的单车上，挂着两个篓子，一篓子杏梅，一篓子桃。老人瘦长条的脸上，堆着山核桃般的笑，他向东来西往的人吆喝道：

　　——我的杏梅很甜的，桃很甜的，又便宜又好吃，比别处卖得都便宜。

　　——我老头不骗人的，你们吃了不甜就来骂我老头吧。

　　——我都卖了半个月了，这是最后剩下的一点儿了。没人骂我老头的，都说我老头卖的杏梅和桃甜。

　　——看见没有，刚刚这个小帅哥买了我的桃。甜吧小帅哥？

　　小帅哥正站他旁边，嘴里啃着一只桃，小帅哥勾着头，眼睛一直没离开老人的篓子。听了老人的问话，他重重地点点头，犹豫着要不要再买点老人的杏梅。

　　老人看小帅哥点头，得意起来，朗声道，我就说嘛，我老头从不骗人的。

　　——我卖完这杏梅和桃，还要回家种萝卜哎。

　　他像说单口相声似的，咕叽咕叽说下来，我在一边听半天，终于忍不住"扑哧"笑了。我在他的话里面，见到活的喜悦。杏梅摘完，桃摘完，地里该种上萝卜了，日子是一天连着一天的，事情呢，也是一桩接着一桩的。

　　什么是活着的意义？这个老人肯定没思考过。然他又是最懂得活着的意义的，他忠实于他所拥有的日常，并把守护好这样的日常，当作一己之责任。他让日子从不落空，卖完杏梅和桃，他得回家种萝卜了。——日子就这样，被他填得满满当当的。

　　我买了老人的杏梅和桃。我吃到时，想到它们是一个可爱的老人种的，心情相当相当愉悦了。

眼缘

三十日

　　之一，去农业生态园，看四米长的丝瓜。如愿看到。一条丝瓜长廊，垂下无数根丝瓜来，每根丝瓜，都拼命往长里长。

　　这让我想起小时，听说邻村生出一只六条腿的小猪，村人们成群结队跑去看。又听说某地捕出一条鲤鱼，重七八十斤，村人们又成群结队跑去看。超出常规常理的事物，往往能吸人眼球，那是因为，人人都有一颗好奇心。

　　之二，傍晚再去海边。涨潮了。昨日我伏在沙滩上画"心"的地方，已被海水淹没。我再次下到海里，在浅水里奔跑，浪一簇一簇在我的脚边开着花，我把海给玩坏了。小半个月亮，闪在天上。

　　我就要离开了。因这离开，心里有了一点淡的忧伤。人生总是这样，再好的地方，也只能作短暂停留，告别才是永恒的。

　　之三，街边有当场加工菩提的。那如加大的栗子般的外壳里，竟裹着一颗温润的"心"。劈开，把那颗"心"，用砂纸在水里磨上几圈儿，它真正的样子，便呈现出来，如玉。可做挂饰，可做手镯，大的如鸽子蛋，小的如鹅卵石。

　　靠眼缘，你第一眼看中哪个，便是哪个。加工师傅如此说。

　　我凭眼缘，在众多的菩提中，得一颗。才花三十元。我当它是奇珍异宝。

　　之四，重读沈从文的《边城》。文字的简约和秀丽，不必说。那古老的茶峒，淳朴的民情民风，让人神往。纵使有怨愤，有不幸，里面亦见慈悲。

杨马兵

三十一日

　　我想写本有关文学作品中的小人物的书。比如,《边城》里的杨马兵。

　　这个人刚出场时, 无名无姓, 是以老船夫的熟人的身份出现的。端午节, 老船夫陪孙女翠翠进城看龙船竞渡。老船夫对龙船竞渡兴趣不大, 被这个人拉到河上游半里路的地方, 去一个新碾坊里, 看了半天的水碾子。这个人与老船夫聊了好大一会儿的天, 初步议定翠翠的终身大事。

　　第二回出场, 这个人依然没有名姓, 他是以媒人的身份出现的。"有人带了礼物到碧溪岨", ——此回出场, 他是来替掌水码头的顺顺家的天保大老, 说媒的。他与老船夫说了些闲话, 揣着老船夫模棱两可的意见走了。

　　第三回出场, 简直省略得不行, 只两行字, 就给打发了:

　　可是那做媒的不久又来探口气了, 依然同从前一样, 祖父把事情成否推到翠翠身上去, 打发了媒人上路。

　　第四回出场, 给了他一个姓, 姓杨。至于叫什么名, 不知, 以"杨马兵"称呼。这回, 还是和老船夫相交集, 他牵了一匹骡马预备出城, 正碰上老船夫, 就拉住了老船夫, 转述了一个不吉消息, 天保大老掉滩下漩水里淹坏了。

　　还是这天, 他与老船夫再度相遇, 他放马在沙地上打滚, 自己坐在柳树荫下纳凉, 老船夫来, 请他喝了些酒。酒一多, 话自然多, 他们聊到天保大老, 聊到傩送二老。他猜透了老船夫的心事, 他想帮忙探二老的口风，却在二老那里，碰了一鼻子灰。

第六回出场，简短的三两句，却已是大半天时光：

天气还早，老船夫心中很不高兴，又进城去找杨马兵。那马兵正在喝酒，老船夫虽推病，也免不了喝个三五杯。

第七回出场，他俨然代替了老船夫，成了翠翠唯一的依托。老船夫的后事，是他料理的。他长期在碧溪岨住下，担负起陪伴保护翠翠的重任。原来老船夫坐着的溪岸高崖上，现在，是他坐着了。他给翠翠唱歌，讲故事，为翠翠的未来作着打算。他同翠翠说了这么一段话：

……听我说，爷爷的心事我全都知道，一切有我。我会把一切安排得好好的，对得起你爷爷。我会安排，什么事都会。我要一个爷爷欢喜你也欢喜的人来接收这只渡船！不能如我们的意，我老虽老，还能拿镰刀同他们拼命。翠翠，你放心，一切有我！……

就是这么个小人物，他说出的每个字，都落地有声，有着珍珠般的贵重。

这个时候，他已是上了五十岁的人了。年轻时做马夫，这马夫，也便一直做了下来的吧。老船夫是信任他的，如家人一般信任。在他年轻的时候，他一定非常中老船夫的意，老船夫是想把唯一的女儿——翠翠的母亲，交给他的。他呢，又是那么喜欢翠翠的母亲，那个如翠翠一般模样的年轻姑娘，也定是眉毛长，眼睛大，皮肤红红的，长得标致，像个观音样子。他见到她，如大老二老见到翠翠一样，有把火在心口上烧着。

他也一定得到过老船夫的暗示和鼓励，走了"马路"，牵着马匹，到碧溪岨来对着翠翠的母亲唱歌，唱过一天又一天。只是，翠翠母亲的心，早已给了另一个人，就像翠翠把心给了傩送二老，天保大老再好，也无济于事。

他退出，整日与马为伴，把一份爱恋，深埋。翠翠的降生，翠翠母亲的死亡，他应该都是第一个知情的。痛也好，欢也罢，谁会留意他呢？他是从那个时候起，爱上喝酒的吧？黄昏或是半夜独酌，能换得几分醉，唯有他自己知道。他一生中，都未曾放下翠翠母亲，那个他爱过的姑娘，在他心里，是永恒的了。

他的结局，算是温暖，他成了翠翠唯一的靠山唯一的信托人，而翠翠，又岂不是他的靠山他的信托人？孤独和孤独相互取上暖了。

他是《边城》里，最光芒耀眼的一个，忠诚于爱情，又侠肝义胆。

爱在黄昏时从家里出发，一直走，一直走，走到沿河风光带，从北到南，全程走下来。一边走，一边看树看花，听鸟叫蝉鸣。

夏

八月
August

天　上　的　云　朵
地　上　的　小　孩

每一个四季，都是自己的人生

天上有云朵在飘，地上有小孩在跑，路边有繁花在开，空中有鸟雀在飞。岁月安详，流光如银。

一日

清晨，深圳的小街道上，显得空旷洁净。路两旁的三角梅开着红花朵，还有高高的洋紫荆，紫花朵撑了一树。路上行人不多，热闹的店铺都还未曾开门。我去一家早餐店喝豆浆吃米糕，也是悠闲的。哪里的天空下，只要有了烟火气，便自有着一份亲近。

一盲人忽然出现。一根木头拐杖充当了他的眼睛，他摸摸索索，进得店来。拐杖叩响了门框，店里所有人的眼光，都投向门口。一在后台忙碌的服务小生，忙忙迎过去，搀他至桌边坐下。并很贴心的，让他在靠墙的一边坐下，以免别人碰着了他。

服务小生俯身在他桌边很久，细细报给他听店里所有的早餐——面条、饺子、馄饨、紫薯粥、南瓜粥、汤圆、豆浆、油条、油饼、米糕、菜包子……

他听着，小声问着些什么，服务小生轻声轻语解释着，一边给他布好餐具，又关照两句，这才转身走开。他坐在那里，安静地等着，脸上笑微微的。

很快，服务小生给他端来一碗干拌面，和一碟小笼包，并弯腰把筷子给他拿好，塞到他手里，他慢慢享用起他的早餐。

我多看了服务小生两眼，这孩子看上去二十上下的年纪，瘦瘦的，皮肤有点黑，眼睛一侧，有个蚕豆大的胎记。可因为一直微笑着，那蚕豆大的胎记，看上去，像极了一朵含苞的小花。

　　这孩子如春风轻拂一般，很自然地做完这一些，又自去忙碌了，店里并无多少人注意到他。

　　我喝完最后一口豆浆，去结账时，路过他身边，我轻轻对他说，小帅哥，你看上去很好看。他诧异地看看我，然后，脸红了红，微笑起来。

和光阴
并肩走

二日

午后，突如其来一场雨，很疯狂。

我在雨声里读《离骚》，"惟草木之零落兮，恐美人之迟暮"，千百年来，人生最大的恐惧，是光阴的流逝。然光阴就是那么任性，它不会听命于任何人的呼喊和挽留，径自流逝着。

和光阴赛跑，或是想滞留在光阴的身后，都不是明智的活法。赛跑虽赢得了光阴，但也输掉了生活应有的从容和乐趣，有时还会输掉身体。滞留在光阴身后，那只能使原本短暂的人生，变得更为短暂。太过碌碌无为，也是遗憾。我要的是和光阴并肩走，它走到哪里，我也走到哪里，不慢怠，不辜负。

读顾城的海外遗稿。

他是个彻头彻尾活在虚幻里的人。外面的世界走不近他，他也从未曾想过要融入这个世界。他居于孤岛，构建着自己的童话城堡，希望他爱的女孩们住在里面，相亲相爱。

他在失望中绝望着，又在绝望中失望着。

他不信活着的美好，只相信死了才是永生。

他是个疯子。

要命的是，上帝也给了他非凡的才华。他最后用才华杀死了自己。

压抑。这样的人生，不要也罢。我情愿资质平平泯于众人，过一段俗世最相安无事，又有着浅浅幸福的日子。

木槿、星星
和萤火虫

三日

顶喜欢到那河畔去，在夜晚。河里有船，载着一船灯火，突突突驶过。河对岸的树木茂密成岛屿。黑夜里望过去，真像岛屿。

我顺着水走，我把自己想象成是一条游鱼。两边的绿意堆砌着厚厚的静谧。垂柳或是七里香，又有些别的树木。我还认出了木槿。它站在树丛里不说话。但我看到它的花朵了。黑暗里虽然看不真切，但我知道，它穿着一身淡紫的衣裳，站在那里，微微笑着。像个文静羞怯的小姑娘。

我在它旁边站了一小会儿，我也笑起来。

去一片林子里走了走。我喜欢林子里的幽深，尤其是夜晚的林子。鸟们在树上睡觉，我知道的。露珠们悄悄来访，在每一片叶子上，都吻了一吻，我也知道的。

走至空旷处，一抬头，居然看到了星星！它们散落在那些树的上头，散落在不远处人家的楼顶上。火星子一样的。

久违了老朋友！我招呼一声，挺高兴的。

如果树丛里，再有萤火虫你追我赶着。那这样的夜晚，就再完美不过了。

我站着静等，竟真的等来了萤火虫。一只，两只，三只，静静地飞舞。夜色如水，它们像划着一叶载着灯火的小舟，在夜色里穿行。

它们是天地间的点灯人，点亮一颗颗走丢的童心。

旱莲草

四日

长月季的盆子里，来了个不速之客。起初，我以为是野蒿子之类的，也没舍得赶它走。它一日一日，竟很安心地住下来。月季在长，它也在长，快快乐乐地抽出茎长出叶来。我细看，像是凤仙花。心里乐，等着它开花。

又一些天，月季打花苞苞了。裹着鲜艳的红，像颗红宝石。它长高了，与月季齐肩。它也打花苞苞了，小，绿色的，不起眼的。我仔细辨认，才知认错它了，它不是凤仙花。

是什么呢？我实在说不出。看它，似乎没有一点介意，它正忙着和月季谈恋爱，一副娇羞的模样。

今晨，月季开花了。一朵红，在绿叶的托举下，风度翩翩，神采焕发，像个新郎官。然后，我看见了它的花，居然也绽放了，小鸟依人地傍着月季。花浅白，细眉细眼，眉清目秀。有点类似于小雏菊。

给它拍美照发上网，立即引发一股追忆童年的热潮。从前乡下的孩子都知道它的，猪爱吃。他们叫它"烂脚丫子"。

原来是它！

我莞尔。我们有着一样的童年。

它的学名叫"鳢肠"。又名乌田草、墨旱莲、旱莲草、墨水草、乌心草。我独喜"旱莲草"这个名，与它的外形真是相符，它是长在岸上的莲。

它是从什么地方来的呢？这怕是个永远的谜了。它是为了它的爱情而来，我却独享了这份馈赠。

一坨黛青色
的云

五日

整理书稿，翻到一段旧话，是某年某月某日我的高中同学留的：

众里寻她千百度，伊人却在灯火阑珊处。你是我那老同学吗？是那曾在我课本里画古装美人的老同学吗？希望是你！希望能联系到你！

这个老同学是谁呢？我一点儿也想不起来了。或许，这样才是最好的，我在她的记忆中，便永远是青涩的那一个：胖乎乎的，剪着个学生头。好画美人。美人一律盘高高的髻，山花插满头。

他回家，一副感慨万端的模样。问及何事。沉吟半晌，对我和盘托出，遇见青春时期，曾有意想要缔结良缘的那一个。

怎么样啊？我故意漫不经心地问。

呔，怎么老成那样！我一时竟不曾认出她来。他发愣着，似还没回过神来。

年轻时，貌美如花，追求者众，她骄傲似白天鹅。那时，他和她，在一个地方工作，日日见着，他以为有戏，才表露好意，她的家人就出面了，挺礼貌地回绝，她暂时不会考虑婚嫁。他家一贫如洗，貌相又不出众，他自知配不上，知难而退。

那她现在的男人怎样呢？好奇心害死只猫，我也不例外。

混得不如意吧。她开了个小饭店，撑着整个家。真的，老得不成样了，皮肤都皱起来了，找不到一点点原先的影子了。

　　唔，我应一声。没有再问下去。他也没有再说下去。

　　后来我想，若她嫁他，是不是会老得慢一些呢？幸福的婚姻，能滋养人，可以让人老得慢一点吧。

　　黄昏。站在阳台上吹风。天上的云，是彩色的。我想着，若是裁成一条条，做女孩子的发圈，应该很好看。

　　风摇动着树枝。蝉叫声急促，似要把什么东西给撕裂开来。它们要撕开什么东西呢？是空气，还是风？

　　一坨黛青色的云，驮着一团红霞，往天边去了。像青色的马儿，驮着一个新娘子。

因果

六日

　　去曾经工作的地方——唐洋镇，参加我的第一届学生聚会。

　　在那个小镇，我恋爱，结婚，生子，完成了我人生中最重要的一章。

　　在那个小镇，我住在两间旧平房里，吃着柴火烧的饭菜，洗衣都用井水，却有着近乎透明的快乐。

　　孩子们看到我，高兴疯了，他们回忆我的曾经。那年，我二十出头的年纪，蹦蹦跳跳走进他们中间。我在课上，领着他们唱歌，课堂上常常成沸腾状。校长找我谈话，说我这样做影响不好。我却不思悔改，他们想唱歌了，我还是领着他们唱。他们也挺争气的，我教的那门课，他们回回都给我考第一。

　　他们围着我说，记得《驿动的心》，记得《祝你平安》，记得《再回首》，记得《相见时难别亦难》。现在若进 KTV 唱歌，他们必点唱《驿动的心》。

　　聚餐时，男女同学三四十个人，齐声唱了这首歌。一在广州部队工作的男生，当场唱着唱着就哭起来，眼泪止也止不住。他后来跑过来，紧紧抱了抱我，在我耳边说，老师，你当年，是我们的偶像。谢谢你。

　　我只有傻笑。我是真的不知说啥啊，我的泪点也低啊。

　　后来，又有个男生，坐我身边来，跟我说当年的事。当年当年当年，全是我的当年。他说着说着，也哭了起来。他说当年，他调皮着，其他老师都嫌弃他，只有我对他好。老师，我们全班同学最喜欢上的就是你的政治课啊。

女孩子们似乎羞涩些，她们跑来，想拥抱我，又不好意思。最后，我拥抱了她们。她们说，老师啊，我们的孩子，现在都在读你的书呢。

好嘛，这时光快的！

——我想，我一生中没有做过什么惊天动地的事，但我一直把善良当作种子，一路走，一路播着。我信，种下善的因，定会结出善的果。

感谢所有的相遇！

一脚
跨到秋天

七日

今日立秋。立秋之时，我正走在去盐城大众湖的路上，体会到一脚跨到秋天的神奇。

路两边的草木上，栖着秋么？我们看不见，但我知道，它一定在那儿，在一缕风里，在一片叶子上，在一朵云的心上。

坐船去芦苇荡。荡里博大，岸离得远，只有船行于水上的声音。水清得发绿，比芦苇还绿。我睁着眼睛做起美梦来：月夜，我一个人划着小舟来，备好小酒，带上一两个小菜，就在这荡中，歇舟赏月。三五只白鹭，闻香而来。

中午，朋友留我们在湖边吃饭。大敞篷里坐着，端上桌的，都是当地土肴。

一只小蜻蜓飞来。我伸手，它竟毫不犹豫，也无半点客气地，停到我的掌上。我和一只蜻蜓，欢喜对望了许久。

它是把我当作一朵花了么？还是，也把我当作一只蜻蜓？它的信任毫不设防，让我感激万分。

立秋后，果真有了秋的意思。晚上的风，明显凉爽起来，似乎闻见落叶的气息。

发现又一散步好去处，离我居住地不远。小区后面，绿化带里，沿河岸开辟了一条新的小径，铺上红色地砖，弯弯曲曲。像一条紫红的带子飘入绿里面。小径旁有竹、木槿和紫薇，还有些别的树。木槿和紫薇都开得好得很。这是我喜欢的。透过花树和竹子的缝隙，可以望见一叶新出来的月亮。老家的人都叫它"亮叶子"。

　　对着它看，对民间那些张口即来的叫法，简直崇拜至极，那里面不着痕迹的比喻夸张，比比皆是，叫人拍案叫绝。比如这亮叶子。岂不是！刚出来的月牙儿，真的像一片亮晶晶的树叶子的。

　　由于是新开辟的小径，暂无人光顾，只我独享着，这一竿竿青绿，一树树烂漫，连同蝉声、虫鸣，还有天上那一枚亮叶子，都是我的。我觉得奢侈得很。

我喜欢这样的
低到尘埃

八日

看胡适家书，被他的温柔糯软给惊着了。

冬秀：月亮快圆了，大概是十二三夜。我在旅馆的十四层楼上看月亮，心里想着你，所以写这信给你。

这是他书信里的一封，写给妻子江冬秀的。这样的话，适合轻声念，在月亮的夜晚。念得漫天漫地的月色，都长出藤蔓来。异国他乡十四层的楼上，他满满的思念，都化作一页的浅吟低唱。人都传言，他的小脚太太多么强悍，多么与他的学识不般配。可这思念的幸福，有几人能懂？在婚姻里，他不做学问，他只是个普通男人，有低到尘埃的眷恋。

我喜欢这样的低到尘埃。

他写给儿子祖望的信，则更有意思。他一颗做父亲的拳拳之心，与寻常的父亲别无二样。1929 年，才 10 岁的祖望，过起住校生活。胡适给他写信，是千般舍不得万般不放心：

祖望：你这么小小年纪，就离开家庭，你妈和我都很难过。但我们为你想，离开家庭是最好办法。第一使你操练独立的生活；第二使你操练合群的生活；第三使你自己感觉用功的必要。

然后是千叮咛万嘱咐，还细细附上了六条注意事项，诸如不要买摊头上的食物，不要喝生水冷水，不要贪凉之类的。

一年之后，住校的祖望，各门考试与做父亲的他的期望相差太大，他被11岁的儿子气昏了头，盛怒之下，他手书一封信给儿子：

祖望：

　　今近接到学校报告你的成绩，说你"成绩欠佳"，要你在暑期学校补课。

　　你的成绩有八个"4"，这是最坏的成绩。你不觉得可耻吗？你自己看看这表。

　　你在学校里干的什么事？你这样的功课还不要补课吗？

　　我那一天赶到学校里来警告你，叫你用功做功课。你记得吗？

　　你这样不用功，这样不肯听话，不必去外国丢我的脸了。

　　今天请你拿这信和报告单给倪先生看，叫他准你退出旅行团，退回已缴各费，即日搬回家来，七月二日再去进暑假学校补课。

　　这不是我改变宗旨，只是你自己不争气，怪不得我们。

　　哈哈，真是有点气急败坏呢。这样的气急败坏，又是最接近尘埃的，浓酽如琼浆的爱，一滴一滴，都在里头。只是可怜了小小的祖望，好好的旅行计划泡汤了，一个暑假，他将在父亲的严厉督促下，补课学习，处在"水深火热"之中了。

七夕

九日

七夕。一年守候，终守得鹊桥上一夕相会。值或不值，不是局外人能评价的。秦观说，"两情若是久长时，又岂在朝朝暮暮。"那其实是无奈之下，强撑着表示的坚贞和坚强。

现在有句流行语，最长情的告白是陪伴。这才是我们想要的爱情。

我在微博上发了两张我和那人的合影，我写下这样的话：

我想要的爱情的样子就是这个样子——无论我到哪里，你都在我的身边。

阅读，汪曾祺的作品。每日读上二三十页。又朗诵了《离骚》。每日一遍，直至它化成汁水，融进我的血液里。

许多的成功，并非有什么过人之处，只不过是能坚持。日积月累，积少成多，你要的成功，自然也就来了。

晚散步。在一座桥上遇母女二人。母亲七十多了，女儿也已中年。她们在看停泊在水里面的船，兴致勃勃的。母亲眼神不好，把几艘船看成是小岛，她兴奋地说，这里还有个小岛啊。女儿附和道，是啊。

我走过她们身边，笑着纠正，那不是……船么。我的"船么"尚未说完整，做女儿的赶紧接过我的话头，是小岛。她轻轻碰碰我的胳膊，我妈眼睛还看得见小岛呢。她又转头对她母亲说，妈，你真棒！

这是我听过的最美的谎言。我为之感动。

赏月，宜从树隙间。风在吹着，树枝在摇着，月亮像荡在水波里。树下的草丛里，蟋蟀和纺织娘们在话家常，高一声，低一声，长一声，短一声。身边再有个相爱的人，唔，那真是人间至美。

我刚好，都有了。微风吹拂，我们并肩站着，赏月，赏树隙间的那一枚。月还没圆，也好看，像银子雕镂的一片花瓣儿。

十日

做了一个梦。梦里竟是清楚自己在做梦，一再提醒自己，要记住要记住。醒来，还是忘了。

窗外，小鸟的演唱会已散了（早起，它们都要举行一场演唱会的），蝉开始登场，吹着口哨，快快乐乐的，俨然不知离别将至。或是知，却不在意，它们懂得当下的拥有，才是最真实的。阳光，又如钻石般的，镶嵌着我的窗。我恍惚着以为是梦，掐掐自己的手指，疼。真好，我活在这真实的世界里。

午时，突然雨至。

我是看着天空变了脸色。起先还光洁着，渐渐蒙了灰。雨从南边过来了，窗台上开始敲起架子鼓。

心里欢喜。好久不见雨的。日日阳光，也易叫人焦灼呢。我伸出手臂至窗外，任雨爬满其上，有清凉的舒适。

盼雨的不止我，还有树木、花草、泥土、庄稼和河流。我看到楼下的紫薇、栾树和广玉兰，仰着脖子在痛饮。

由此我想，偶尔的忧伤，也不要拒绝。把它看作是快乐的点缀好了。就像雨是阳光的点缀。因这样的点缀，世界反倒更充满活力。

雨后的天空，像小孩子的涂鸦。色彩东一块西一块的，弄花了脸，弄花了手，弄花了衣。一对晶晶的眼睛，晶晶地亮着。叫人真是爱呀！

那会儿我在乡下。

夜幕降了，星星们出来了。月亮也出来了。

星星真多。月亮也比城里的亮。稻田里，蛙们在叫，然看不见萤火虫。一只也没有。

我妈说，农药打太多了，萤火虫都绝种了。

很可惜，以后的孩子，怕只能从图片上去认识它了。

从老家带了两只小南瓜回来。南瓜的样子最是可爱，趴在地上，趴在草堆上，憨厚着。一看就是个老实的孩子。

种花

十一日

我在我妈门前撒了些花种子，我买的。有格桑花、波斯菊，还有些别的小花儿。

一些日子后，花出芽了，很快疯长成一片。我妈门前开始热闹起来，像来了一群穿着鲜艳衣裳的孩童。

村人们没见过这些花，都好奇地跑去看。孩子们更是日日频相顾，围着花转着转着，趁我妈不注意，偷掐下一朵来。我妈假装没看见，扭过头去，悄悄笑。

有人开始移栽。我妈起初还吝啬着不肯给。我让她放心，我说这些花性子都泼，一长就是一大片，只要想要的，都给。

于是乎，我妈门前总有人去讨要花。我妈说，烦死了。我看她说这话时，是多么口不对心，她脸上的笑容里，分明写着快乐，给予的快乐。

格桑花开过了，我妈收集了一大包种子，她想把屋后也种上。得知她有花种子，不少人跑来讨要。今天我妈又告诉我，隔壁村子里的谁谁谁，也跑来问她要花种子。我问，给她了吗？我妈狡黠地答，我只抓了一丁点给她，要的人多哩，我要省着点。

我很高兴，我随手丢下的一把花种子，让我妈的晚年，不再寂寞。我更高兴的是，一个村庄，不，更多的村庄，都将有花开沸沸。

　　回他的老家，参加一个几未谋面的长辈的葬礼。跪了一场的人，都在说说笑笑的，无半点悲伤之意。这个长辈瘫痪在床已好几年，预料中的死亡，悲伤早就被时间风蚀掉了。

　　生命中，我将无数次经历这样的送别。到最后，我也将被一些人送走。到那时，我希望，送我的人也是说说笑笑的，欢聚一堂，就像我只是平常的一次出远门而已。

　　我喜欢人家门口长花。不定是什么花，月季也好，芍药也好，疯长的蜀葵也好。或者就胭脂花和凤仙花吧，路过这样的人家，我总要多看几眼，生着好感，觉得这样的人家，有热情和热爱。

　　就像今天，我路过一个人家，他们家门前长满了海棠，开粉红的花。我实在欢喜，对着他们家的青砖青瓦房，看了又看。

一生也不过是一下子

十二日

之一，给自己化了一个淡妆。岁月到底也在我的脸上留下痕迹，色斑，皮肤暗沉，失去水灵。可是，这样的一个我，我也是爱的，她的眼睛里，有安之若素的泰然。

穿一件绿底碎花外搭，配一条花苞苞麻色裙子，看上去，也是清爽愉悦的，适合外面的夏天。

只是，当我走出去，蝉或小鸟或蝴蝶什么的，会不会把我当一棵植物，飞来，在我的肩头停歇、欢歌？

如果是那样，真是再好也没有了。

之二，一些不必要的人，不必要的事，要拒绝。

我在慢慢学会。

说着言不由衷的话，陪着莫名其妙的笑，对我来说，是煎熬。我做不到处世圆滑。不喜的场合，就是不喜。不喜的应酬，就是不喜。不相干的人，我就是无法做到融入。

只求留给自己清宁。

之三，一天不过是一下子。

一月不过是一下子。

一年也不过是一下子。

一生也不过是一下子。

一下子，光阴已越过千山万水去。一下子，少年已变成耄耋。

当我明白时间溜得这么快时，我唯一能做的，也就是紧着做好手头的事。

之四，最近爱在黄昏时从家里出发，一直走，一直走，走到沿河风光带，从北到南，全程走下来。一边走，一边看树看花，听鸟叫蝉鸣。有时，我会在一朵花前停下来，看看它。它也看看我。我们彼此无言，却都是懂得。没有一朵花，是大声喧哗的。

也看水，看河里船只。各有各的忙碌。各有各的方向。这是生命的奔流。

这时候，我觉得灵魂的静和空灵。我爱这个时候的自己，很爱。

天黑了，我便回家。

藕花露

十三日

　　参加同事小孩的百日宴。看那么粉粉的一小团，被抱在手上，他还不会说话，不会走路，这个世界对他而言，是等待涂抹的一块调色板。他会长成什么样子呢？谁知道。

　　要带大这么小小的一团，得付出多少代价呀。小小的他哪里知！他抿着小嘴儿，做出哭的表情，一旁他年轻的爸爸妈妈就着急起来，可是尿了？可是要喝奶？可是衣服包得太紧了？他们手忙脚乱起来，脸上却洋溢着快乐和幸福的笑。

　　去看藕花。对，藕花。长在城郊，好几大片相连，蔚然壮观。

　　藕花多白色。花朵特别特别肥硕，叶片儿也是，厚实、肥大、圆润。摘一片我当船摇，一定也还可以。

　　我和竹子、英子打扮得花枝招展。我们做着追星族，追着藕花留影。

　　一乡人提着小桶摘藕花。他拣那种才打花苞苞的摘。藕花的花苞苞像箭矢，瞄准着什么就要射过去的样子。我替花苞苞心疼，问他，为什么要摘下来呢？留着它们开花不好么？

　　笑答，是做藕花露呢，婴儿洗澡滴上几滴最好。

　　藕花露？为这名字惊了一下。回家查资料，找到"白荷花露"这一条：

　　白荷花露，来源是睡莲科植物莲的花蕾蒸馏所得的芳香水。清暑、凉营。治感受暑邪，烦热口渴，喘嗽痰血。

想来那"藕花露"也类似于这"白荷花露"，或者本身就是。

那乡人还说了句，过些日子，你们来吃藕啊。

包容

十四日

夜里做梦，身上爬满软体的虫子，钻入我的肌肤里里。拔出一条，又冒出一条，前赴后继。我吓得大叫，爸爸！爸爸！惊醒，奇怪着，我怎么会叫爸爸呢？

那软体虫子是蚂蟥，我少年时最惧怕的。秧田里多，玉米地里也多，它能在人的皮肤上打洞，像挖井一样，越挖越深，它钻在里面吸血，而你却浑然不觉。

那时，我顶怕下秧田或玉米地里干活。偏偏那地里杂草层出不穷，我们兄妹几个，每每总要被母亲强抓了去拔草。我哭，不肯去。我爸就出来阻拦我妈，不要让二丫头去了。

我爸现在老得很了，耳朵也不大听得清了，我叫得再大声，他也不能来护着我了。念及此，不觉泪下。有一种爱，叫眼睁睁看着你，却无能为力。

汪曾祺是个百折不扣的吃货。他面对食物，比面对美人要难抵御得多，往往是来者不拒。辣的酸的臭的甜的，他都品哑得津津有味。他自诩是个"有毛的不吃掸子，有腿的不吃板凳，大荤不吃死了人，小荤不吃苍蝇"的，又挖空心思翻着花样吃，单个豆腐就有凉拌、烧、煎、炒、煨，还顶爱吃那臭豆腐。某年我在沈阳参加一个笔会，主办方请我们去吃当地小吃，中有一人介绍到当地小吃，说到臭豆腐，立即变得很激愤。我恨不得砍了那些炸臭豆腐的人的手！他说时，神情切切的，苦大仇深。

　　人的口味真是顶顶说不准的，你喜欢的，未必就是他人喜欢的。你不喜欢的，也许是他人的舌上好。还是包容一些的好。所以，喜欢汪曾祺本人比喜欢他的文字更甚。他走一路，吃一路。活了一辈子，吃了一辈子。有了红皮水萝卜吃，他连水果也不吃了。他是有口福的一个人，活得真实而博大。

十五日

这是第三次梦见你了，小豌豆。

那么清晰。

你已咿呀会语，脸蛋圆鼓鼓的，像只饱满欢实的石榴。像我。

你当然长得应该像我多一些。因为，你是我的女儿，我的小豌豆。

你叫——妈妈，全世界的花儿都在一刹那间开了。你在地板上爬，两只黑葡萄似的眼睛，让我想起春天池塘里的小蝌蚪。愉快的小蝌蚪呀！

我给你读我专门为你写的童话。你歪着小脑袋倾听的样子，像一只小小袋鼠。

哎，我该叫你小豌豆呢，还是叫你小袋鼠？

我一直盼望有个女儿。像粒小豌豆。

我喜欢四月的田野，豌豆花开的样子，那引颈顾盼的神采，是小女儿才有的清秀和娇媚。

我要给你扎上红红的蝴蝶结，穿上碎花的蓬蓬裙，蹬上红靴子。我们一起去野地里采花，一起聆听虫子唱歌，一起在三月天里，牵着风筝飞。风筝有多高，你的笑声就有多高。多好啊！

我讲给你听，这大地上的温暖和甜蜜，麦子、玉米、大豆、棉花、水稻，它们都怀揣着很多有关大地的故事。

　　你是我的再版。然又不是，你是一个新的启航。

　　你有你的全新的一个世界。

　　我会教你念《诗经》、唐诗和宋词的吧。

　　你该遗传了我的记忆力，能熟背我教你的东西。

　　我还会一笔一画教你写字。写春天的花朵，夏天的绿荫，秋天的果实，冬天的白雪。一个人的存在，如同四季轮转，各有各的风采。不要怀疑人生，永远不要，快乐地活着，最最重要。

　　我会送你去学古琴或古筝，我喜欢女孩子会一点乐器。不定会什么。但我觉得，女孩子会点古琴或古筝，会更温婉些。当然，你要学吉他和打击乐器，我肯定也不会反对。只要你喜欢。

　　只要你喜欢，无论是文学的音乐的绘画的建筑的缝纫的，你就去做吧。任何一项你手底下的再创造，都是艺术。

　　我的小豌豆，我希望你热爱艺术，就像热爱生命一样。

　　多一个女儿，就多了一个闺蜜。

　　我们的喜好是多么雷同，我喜欢粉粉的东西，你也喜。我喜欢糯的食物，你也喜。我喜欢各色糕点，你也喜。我喜欢收集各种各样的小物件，你也喜。我喜欢花花草草，你也喜。

　　我们有着共同的秘密，藏着共同的欢喜，避开你爸和你哥哥，我们一起去吃冰淇淋吧，吃个够。

　　我们一起逛街。一起挑美美的衣裳。你穿一件，我穿一件。

　　我们互换着角色，我对你撒娇，你对我撒娇。

　　小豌豆，我不要做你妈妈，我要做你的朋友，陪着你快乐地成长。

　　醒来，我很惆怅。我怎么会做这样的梦呢?

　　我的盼念，居然凝结成一个梦中的你。

　　小豌豆，祝福你在我的梦里，万寿无疆。

自有
还家计

十六日

　　许浑这个人有意思，我注意到他，是因他的出生地离我不算远，他在镇江。镇江有些方言和我老家的差不多，风俗习惯也多有雷同。

　　他的诗文，是晚唐的一枝独秀。诗里多雨多水，又湿润又水灵，后人把他和杜甫并列一起说事，有"许浑千首湿，杜甫一生愁"之评语。

　　这也不难理解，江南本就多雨多水的，雨丝轻拂，小桥流水，这是最具江南特色的。晚年，他归隐乡下，一个叫丁卯村的地方，因他从此扬名。读他的诗《夜归丁卯村舍》，有亲切感，虽无甚特别的，但有宁静淡泊之气，充溢心田。平淡舒缓中，有着动人的世俗的真，和安详。诗录如下：

　　月凉风静夜，归客泊岩前。桥响犬遥吠，庭空人散眠。

　　紫蒲低水槛，红叶半江船。自有还家计，南湖二顷田。

　　真得感谢能生于这样的乡村，再无路可退了，家里总还有两亩薄田在等着。

　　我也生出这样的心事和自得，等我老了，也有个好归处，乡下母亲的两间老房子，一直给我留着。

　　晚上小跑步，被一块砖头绊了一下，重重摔了一跤，膝盖与手腕皆受伤，血淋淋的，自己看着都心疼自己。真是人有旦夕祸福啊。

　　事后，又庆幸不已，幸好不是磕破了脸。幸好没有摔断骨头。又觉得自己是赚到了。

　　月亮已胖得不能再胖了，明日月半至。我将以受伤的名义养伤。等到月亮瘦下去，我的伤会好了吧？

十七日

　　忍着膝盖疼，去给一些孩子和家长做讲座，那是我早就答应了的，我不能失信于他们。一个人最好的品质，是守信。

　　我坚持站着，讲了一个多小时。我讲文字可以救人，也可以杀人。我讲要心怀美好，让手底下的文字，充满温度，充满希望和力量。我讲这个世上，最伟大的事业不是别的，而是活着，好好活着。台下有无数双眼睛熠熠。我又会影响多少人呢，让他们热爱上读书热爱上生活？我希望自己是一束光亮，能够照亮一些人，而这些人，又用这些光亮，去照亮更多的人。

　　有读者一家，驱车五六个小时，赶来听讲座，令我感动。这么热的天啊。

　　签名。我最爱写上这样一句话送他们：做个内心有温度的人。

　　膝盖也终于肿起来，肿得像个发酵的大馒头。

　　我只能乖乖躺着。这个时候，我羡慕窗外的清风，羡慕飞跑的云朵，羡慕在树上啁啾的鸟，羡慕蹑手蹑脚走过人家窗台的猫，羡慕那睡在路边绿化带旁长椅上的老人。每晚，她必在那儿睡一会儿，吹风。吹够了，她起身走。她是打哪儿来的呢？

　　我躺在床上，我想着她。这会儿她是不是沐着月光而眠？我不在，那些石榴和紫薇，那些凌霄和荷，依旧开着花。月亮也在饱满着。

每片叶子都亮得耀眼

十八日

凌晨，被月光惊醒了。

窗户没关，月光从我大敞的窗户里跑进来，和阳台上的吊兰、珍珠莲、绣球花、蟹爪兰们嬉戏玩耍。它吵醒了它们，给它们每一个都重新梳了妆，戴上满头满身的银饰。它们似乎并不恼它，跟着它跑起来，环佩叮当。它们是要跟着它去旅行么？

我闭上眼睛，等月光偷偷跑过来，来吻我的脸。夜，真静。

和一热爱写作的女子聊天，她苦闷于写这么多年了，却连一本书也没有出版。

我回她：

那，亲爱的，不要去想成就什么，只想想，你喜欢什么。你是因喜欢，才写作的，而不是为了出版。这么多年，你坚持着写下来，你成全了你自己，这就是最大的收获。有些事，真的不要带着目的性，你只管顺从自己的喜欢，走下去就是了。我相信，上帝他老人家不会辜负每一个肯努力的人。

膝盖肿疼中，暂不能外出散步了。也没关系，我可以撑着在阳台上望天。

五点了，太阳移到楼那边。楼下的树木，有些隐在阴影里，有些在光明中。阴影里的树木都沉静着，默然不语。光明中的，有着煊然的热情。每片叶子都亮得耀眼，颜色深深浅浅。栾树开始结果子了。

风大。天上一丝云也没有。黛蓝色。一铺到底的黛蓝色。我想在上面画画。或者，剪下它来，做一件旗袍穿，要在下摆上，绣上碎碎的紫薇花。

青瓷瓶插
紫薇花

十九日

鸟吵醒了我。

鸟们起得可真早。六点还不到，它们就醒了。

不是悄悄的安静的，而是喧腾的，敲锣打鼓的。好像它们怀着叫醒这个世界的使命。唧唧啾啾，啾啾唧唧。婉转，清丽，长曲更短曲。鸟是这天底下最出色的歌唱家。

树醒了。花醒了。草醒了。云醒了。太阳醒了。睡在一棵红叶石楠下的小花猫，也醒了。

猫的叫声挺温柔的，喵——它一声叫，不知是为了唤醒谁。晚上散步时，我在小区遇见过它，它躺在一块石板上打滚，往左翻一下，再往右翻一下，像只皮球。

我躺一会儿，睁着眼，静静聆听这世界醒来的声音。

随手抓起枕边的一本宋词，翻到哪页读哪页。发现古人特喜倚着栏杆说事儿，望风望雨，望春归望秋落，望月华望星星，望断天涯路……所有的思念、深情、失落、悲伤，在一倚之中连绵。今人却无栏杆可倚了，纵使有可倚的，目及之处的大自然，早已被钢筋水泥，还有灯红酒绿车流人流给切碎了。所以今人的情也不深爱也不真了。

读到杨万里写紫薇花的，相当有情趣："道是渠侬无好事，青瓷瓶插紫薇花。"清早起来，剪一枝带露的紫薇花，斜插在青花瓷瓶里。粉粉的一团碎花，紫红好，粉白亦好，或就蓝紫吧，也是好的。白底子青花的瓷瓶，像丰腴的美人，插上这么一枝花，立即有了妖娆气。连同一个清晨，一齐妖娆起来。

　　我立即起身，想效仿一下。我没有青瓷瓶，就拿酒瓶吧，也插它一枝带露的紫薇花。

我已无娇
可撒了

二十日

膝盖上的伤口结痂了，反而更疼了，皮肤绷得疼。不能站立，更不能行走，稍稍动一动，结痂处就会崩裂开来，渗出血水。我让那人给我伤口拍照，以作纪念。我笑谑称，我的膝盖上，开着一朵花。

可不是么！且是朵独一无二别人想模仿也模仿不来的花。

跟我爸通电话。

我说爸我受伤了。

我爸笑起来，问，怎么伤的？

我说，跑步摔的，很重，这都第五天了，还肿得老高，不能走路。

我指望着我爸会紧张和心疼一下。从前，我小小的感冒，我爸我妈都会在家坐不住，非跑来看我不可。

但这次，我爸也只是片刻地愣了愣，说，哦，你要小心点啊。他的话题迅捷扯到家里的羊身上，扯到邻居家谁谁谁身上。又说我妈闹牙疼，嘴肿了，他也有些感冒了。

他的思维跳跃得很快。

轮到我紧张，我问妈牙疼几天了？你感冒吃药了吗？我爸笑嘻嘻地说，不碍紧。他话题一拐，又说起村人大何家的事来，他说，大何家的鸡得了鸡瘟，全死掉了。

那死鸡你们不要吃啊。我关照。

晓得的，那哪能吃！我爸朗声答。他突然问，你最近怎么不回家看我们？

我看看我肿胀的膝盖，叹一口气，说，爸，过两天我就回家。

搁下电话，我躺在夜里头想，爸妈老了，他们爱不动了！我已无娇可撒了。

一盆
文竹

二十一日

窗台上，一盆文竹出我意料地枝叶茂盛起来。

它原是枯死了的。

那日，我去一条老巷子里买烧饼，那做烧饼的是祖上传下的手艺，都传三代人了。每次去，得排队等。我在排队的间隙，看到旁边有花店，一男人坐在店门口，冲着我们这支队伍晒笑。在他的身侧搁着一盆文竹，蓬勃蓊郁。太蓊郁了，长得像棵小树。颠覆了之前我对文竹的印象，印象里，它是弱柳扶风的。

烧饼也不买了，我买文竹去。寻常的春日清晨，因这一盆文竹，变得意义非凡起来。我特地询问了护理的办法，男人说，你只要定时给它浇浇水透透风就行了。

我按男人教我的办法，定时给它浇水透风，它却不领情，一日一日枯萎下去，直至气息全无。因装它的瓦盆看上去尚可，我考虑着秋天可栽些菊进去，故而，把它搁在窗台上，等着秋天来。

谁知它悄悄的，竟从枯萎中，挣扎出新的生命。

是什么力量驱使着它这么做的呢？我很好奇。

是信念吧，活着的信念。

谁都有着信念的。一盆文竹亦不例外。

夜晚，听不到蝉叫了。白天也少有。秋到底像秋了。

月亮的脸，还不见瘦。月亮尚在它的中年。

墨梅

二 十 二 日

今读到陈与义的《墨梅》诗五首，本是闲读读罢了，却不承想，竟读出一段颇有趣的故事来。

陈与义写这组墨梅诗时，完全是场意外。是因他的表兄张矩臣。此人深喜书画，且能诗文。一日，得画僧释仲仁的一幅墨梅画，赏玩再三，捉笔题了首墨梅诗于其上，被陈与义看到。陈与义当即灵感迸发，以诗相和，这一和，就和出五首之多：

之一

巧化无盐丑不除，此花风韵更清姝。

从教变白能为黑，桃李依旧是仆奴。

之二

病见昏花已数年，只应梅蕊固依然。

谁教也作陈玄面，眼乱初逢未敢怜。

之三

粲粲江南万玉妃，别来几度见春归。

相逢京洛浑依旧，唯恨缁尘染素衣。

之四

含章檐下春风面，造化功成秋兔毫。

意足不求颜色似，前身相马九方皋。

之五

自读西湖处士诗，年年临水看幽姿。

晴窗画出横斜影，绝胜前村夜雪时。

这些诗中，青年陈与义对释仲仁的画作，作了高度赞扬和文采飞扬的解读，如高山遇流水，一时间被传播开来，惊动了当时的徽宗皇帝赵佶。赵佶召见这个有为青年，对他的才识无比赏识，从此，他官运亨通，一步万里。

他得感谢释仲仁。

释仲仁，北宋人，一段时间住衡阳（古称"衡州"）华光寺中修行，人称"华光和尚"。据王冕的《梅谱》记载，释仲仁一生酷爱梅花，所居方丈室外，遍植梅花。每到花开时节，他把床搬到梅花树下，终日对其吟咏。一日深夜，月光皎皎，他独坐树下，但见梅枝花影，横陈于纸窗之上，萧然可爱，他忍不住研墨描摹，天亮时看纸上所描摹之画，竟有月亮的影子。从此，他以墨画梅，一发不可收拾，自成一格，被后人尊为"墨梅始祖"。他还因此写下《华光梅谱》，对画梅技法，一一道来。其中一段画梅总论，读来颇有意思：

木清而花瘦，梢嫩而花肥，交枝而花繁累累，分梢而萼蕚疏疏。一为树，二为体，三为梢，长如箭，短如戟。宇宙高而结顶，地步窄而无尽。若作临崖旁数枝，枝怪花疏，只欲半开。若作炼风洗雨，枝闲花茂，只看离枝烂漫。若作披烟带雾，枝嫩花茂，只要含笑盈枝。若作临风带雪，干老枝稀，只要墨拨，淡荡花闲。若作停霜映日，森空峭直，只要花细香舒。学者须要审此梅有数家之格，或有疏而娇，或有繁而劲，或有老而媚，或有清而健，岂有类哉？有生山岑者，有生山谷者，有生篱落者，有生江湖者，其枝疏密长短有异，不可不推。

墨染之下，梅花呈现出千姿百态，肥瘦相宜，疏密有间，或含苞半开，或烂漫天真，或含笑盈枝，或娇或媚，或劲或清，又生于山上、谷中、篱落旁、旷野中，姿态丰采又有着异样，各各的趣味，在那或淡或浓或浅或深的墨中晕染、氤氲，给人无限遐想。

元代王冕的墨梅，受他影响最大：

吾家洗砚池边树，个个花开淡墨痕。

不要人夸好颜色，只留清气满乾坤。

这是王冕自题于一幅墨梅画作上的诗。说是夸墨梅，我以为是夸这个老僧，他就是一棵淡墨洇染的梅，清气永存。

二十三日

早晨醒来，我喜欢在床上赖上一赖，听听窗外的鸟叫。

有一种鸟叫得好生奇怪，像在一连串用着惊叹词："啧啧"，"啧啧"，"啧啧啧"。它是被什么奇闻趣事给惊着了？像瘪着嘴摇着头惊叹的老头老太太。还有一种鸟似在呼唤谁，来嘛，来嘛。嗓音又娇又柔。我想，该是些迷人的小姑娘。另外有些鸟像在笑，笑得吃吃吃的。是喜欢窃窃私语，捂着嘴傻乐的妇人吧。有的鸟则玩起乐器来，吹着葫芦丝，或是口琴，或是弹起古筝。四周的叫好声随即响起，好啊好啊好啊！——这又是什么鸟在叫？

我免费地听着这些，觉得快乐。

下午，站窗口拍天上的云。因膝盖受伤，困在屋内多日，我想念外面的世界了。

下午的云，刚睡醒的样子，几分惺忪，几分慵懒，又带着点随性散漫。这散漫里，自有着迷人处，不伪装，不迎合。这个时候的天空，太像一块画布了，我想在上面画点什么。我要用红笔画花朵。绿笔画青草。再画一两棵紫薇树，花凌凌地开。

楼下的紫薇花，开了好些时日了，不知疲倦的。我很感激它。

小区放电影，露天的，傍晚升起了幕布。喇叭里一声声播送通知：各位业主注意了，小区今晚七点半准时放电影，欢迎大家到时观看。

听着，竟有些热血沸腾。我想起小时的露天电影了。幕布升起来的时候，我们在隔得老远的地里割猪草，听到喇叭里播送通知：各位乡亲注意了，今晚我们放映的电影是，《洪湖赤卫队》。站定，傻傻地冲着电影幕布升起的地方，笑，激动的心，快蹦出胸口了。然后，拔脚就往家跑，一路跑一路跳，太高兴了，今晚有电影看，要去占好座位去。

晚上，电影开场，我站窗口"看"。我听到孩子们奔跑追逐的声音。似乎一个小区的孩子都跑出来了。电影放的什么，对他们而言根本不重要，他们享受的是这露天里无忧无虑的时光。

真好。长大后，关于露天电影，他们也有温暖的回忆了。

蔬菜开花

二十四日

偶然间看到洋葱开的花，惊艳了！

家里不曾长过洋葱，从前乡下也不曾长过。它的花，完全可以列入群芳谱中去。

紫色的小花儿，像用紫水晶雕的，密密地攒成一个紫色的球球。过去大家小姐抛绣球，该拿这个去抛。

蔬菜里面，开花漂亮的还有很多。韭菜开花，漂亮得可以上得绣屏。油菜开花就不要说了，乡下的春天，是靠它来铺陈的。青椒开花，精巧细致得惹人怜爱。豌豆开花，如一只只展翅的小紫蝶或是小白蝶。丝瓜花或黄瓜花，是一群无心无肺的傻妞儿，整天笑嘻嘻的，特别招人喜欢。扁豆若趴在屋顶上开花，那幢房子，就美如童话了。香菜开花，是宜开在旗袍上的。好女子穿着，在江南的雨巷里，一步一摇地走，当美得很。胡萝卜开的花，吓我一跳，噗，那么美！像精致的杯盘碗盏团团摆开，来呀，我们来个一醉方休。嗯，如果要在蔬菜花里来场选美，我要把票投给它。

我想种一颗胡萝卜头了，等着它开花。我想种的还有洋葱头、青椒和土豆。

今日处暑。"暑气至此而止矣"。果真有了凉爽。秋风送爽，真正是。

　　腿伤恢复得好慢，伤口处结了很厚的痂，不知里面有没有化脓。总之，是疼。还是不能走路。

　　坐着写作，也是痛苦的事。腿不好搁，垂下和搁凳子上都疼。也不管它，任它肿着吧。我戏称，人生又一体验。难得哎。

我们看桂花去吧

二十五日

　　一女子被一个她一直当作朋友的人，在背后使了绊子，弄得她很受伤，为此寝食不安，愤愤不平。她在我跟前控诉那一个，恨得牙痒痒的，她说我真想不到的呀。说完，还掉下委屈的泪。

　　我笑她，瞧，你果真上当了。给你使绊子的人，最希望看到的就是这个结果呢，你越不开心，她就会越快乐。

　　她眼泪哗哗看着我，不能释怀，她说，我没有对不起她呀，她为什么要这么对我？我冤死了呀。

　　唔，那怎么办？掐死她，就洗白你了？我问。

　　她不语。

　　我塞给她一只苹果，我说，吃吧。又把她面前冷了的茶，给重新续上一杯热的。我说，喝吧。

　　不管在什么境地下，慢怠自己，都是做得很傻的一件事。用别人的错，来惩罚自己，那就更傻了。最好的办法是，弄疼了你哪里，揉揉就是了。然后，继续走你的路，该唱歌时唱歌，该吃苹果时吃苹果。就像一粒沙子，进入到你的眼里，你吹掉就是了，何苦跟那粒沙子较着劲？最终，害苦的只能是你的眼睛，和你整个的人，一点也划不来呢。

　　她不语。神情却不似刚刚那么激烈了。

　　她歪着头想一想，喝下面前的茶。

　　我拍拍手，笑了，这就是了。这世上，要让我们留意的事儿太多了，我好像闻到桂花的香了呢，收拾起你的坏心情，我们看桂花去吧。

光亮

二十六日

我坐在窗前写作。

一粒风携着一粒阳光，在我的窗台上跳舞。有小孩子嬉戏的声音，从楼下传过来。如一些鸟儿在婉转啁啾。我微微笑起来，没有人看见。

没有人看见。然这些细微的美好，已如微尘，融入空气中，吸进我们每一个人的体内。我们因此，有了善良，有了柔软。

一切小的事物，都是柔软的。小花小草，小猫小狗，小鸡小鸭，小羊小猪，小鱼小鸟，哪怕是小狼小虎，也是柔软的。还有小孩子。

再坚硬的世界，在这些柔软跟前，也会主动低下头去。

幸好有这些柔软在。

黄昏时的天空，光亮是揉着金粉和橘粉的。我喜欢那些光亮落在人家房屋顶上，落在树木身上，落在我的肩上。我觉得美好。是那种安定的，一切变得柔和的美好。

我喜欢在这样的光亮里，缓缓散着步，缓缓地走回家去。当我到达小区的楼下，抬头，望着我的小屋时，我看见那光亮，在玻璃窗上闪了闪，而后，天开始暗下来，黑夜降临。回家的人，陆陆续续地回家了。

秋天是
一个大词

二十七日

亲爱的花花从上海回来，陪她。两个人沿着街道，漫无目的地走，不知不觉，竟从街东，晃到西十字街。

她长胖了。我也是。我们对着看，有安然的满足。她跟我说起她上海的房子旁，就是一片荷花池。我告诉她，我也跑去公园拍荷了。

我们做过五六年的同事，很多的喜好，有着惊人的一致。虽然她不写作，但不妨碍她懂我。

我们一起去吃大排档，看着灯光在对街闪闪烁烁，街上车来车往。偶有烟花飞上天，是哪家人家在办喜事了。

似水流年，——我想起这个词。花花也同时想到这个词。

与花花告别后，我一个人慢慢走回家，专拣长树长草的地方走。

蝉不那么咯吱吱叫了。虫子们的鸣声，也小而细碎起来，近似呢喃。风里捎来雨露的气息，有点沁凉。——秋天，到底来了。

想秋天真是一个大词。这个词能装下斑斓、华丽、丰收、辽阔、别离、寥落、清冷……有点像我们的人生，悲喜交加，一肩儿兜了。它是季节前行路上的一个驿站，季节在此打尖歇脚，慢慢洗去铅华，变得洁净清爽。冬天，就在前面等着了。

我在秋天安排的事情很多，要去看菊花，要去看红叶。过些天，银杏的叶子也该黄了。桂花也该开了，可以吃桂花糖藕。

　　夜晚的月亮爬上来不容易。它是从东边的海里面爬上来的吧？到夜里十一点多了，终于爬到小区十二层楼的楼顶上。湿漉漉的样子，好圆。天空中应该还有星星，被城市的灯光遮了，月亮显得有些孤单。

　　我站在窗口看了好一会儿。不知这一天空下，有没有人也在看。

凤仙花

二十八日

楼下的凤仙花开了一片了。

花种子不知是谁撒在那里的。他这一随意抛撒，就引来"小粉蝶"无数，红的，白的，黄的，紫的，闹纷纷。衬得我们这幢楼，很有些不一般了。每个进出楼道口的人，都要在那些"小粉蝶"跟前停一停，看一看，笑上一笑。

这乡下的小东西，居然跑到这里来，居然长得这么好，模样儿一点也没变，——有过乡下生活经历的人，都会这么想上一想，发自内心地欢喜一下。一些往事，也跟着来到眼前。

从前的乡下，哪家不长一大片凤仙花啊。这花是从哪里来的呢？没有人想过这问题。它就像屋后的老槐树，河边的垂柳，池塘边的芦苇，野地里的蒲公英，生来就派长在那儿。

大人们嫌它占地方，往往狠心挥动锄头，把它当杂草锄去。可是，不久后，它又会冒出来，不计前嫌的，且开且笑。它甚至会窜到茅屋顶上去，东一朵西一朵地开花。也会在一条沟渠边，遇见它的身影。或是，就在野地里，它跟着野花一起生长。

那时，每个女孩子都会染指甲，拿凤仙花染。伸出的十指上，像晃动着十粒小红果。女孩子们一起割猪草，在水渠边坐定了，少不得伸出手来，比比谁的指甲染得更红。她们把手伸到水里面，水里面就游着些红头小鱼了。

二十九日

天上的云朵，排着队儿，梳洗穿戴一新，像是要去走亲戚。

这是八月末的小城。我走在路上，随便一抬头，就能看到一天空的云朵，它们一个个白衫白裙穿着。洁净。洁净得如同白天鹅。我疑心有千万只白天鹅飞上了天，白羽毛纷纷扬扬。

我很想有对翅膀，也飞到它们中间去。

一个人在我前面走，影子拉得长长的。云偷偷吻了他的影子，他一点儿也没发觉，继续走着他的路。

路边的紫薇花里，也摇荡着云的影子。那些沸沸的紫薇花啊。天地美好得叫人不知怎么办才好了。

怎么办呢？唱歌吧。小孩子一路走一路唱，嘟嘟嘟，啦啦啦，浪浪浪浪，简单的自创的音节，每一个都如小鸟啄食般的。他的小手儿摇着，小脑袋晃着，两条短短的腿，欢快地向前奔着。他的小母亲在后面跟着，轻声笑着叫，哎呀小宝贝，你慢点儿慢点儿。小孩扭过头朝向妈妈，脸上飞着白云朵，他咯咯笑了，为妈妈追不上他而得意。一摆小脑袋，又一径往前奔去，嘴里嘟嘟嘟，啦啦啦，浪浪浪浪。这是他的歌。

天上有云朵在飘，地上有小孩在跑，路边有繁花在开，空中有鸟雀在飞。岁月安详，流光如银。

一清扫街道的环卫工人，在路边清扫。她扫几下，停下来，抬头望

　　天，脸上荡着笑。她一定也是被天上的云惊着了，怀揣一份秘密似的，独个儿乐着。一树的紫薇花，在她头顶上方，欢呼雀跃开着。

　　唔，我也想唱歌了。

生命继续着
生命的旅程

三十日

　　收到多年前的学生给我寄来的明信片。明信片是从云南寄来的，学生在那儿旅游时，走进一家慢时光店，店内卖的全是些怀旧的东西。学生说，想到我了。

　　学生在上面写的一句话是：亲爱的老师，好想念你的巧克力哦。

　　对着这张明信片，笑，笑得眼睛湿湿的。站讲台那会儿，我的每届学生，我几乎都曾用巧克力"收买"过他们。考试前的总动员，我在讲台前俯下身子，笑眯眯看着他们，开始这样的对话：

　　有信心考好么？

　　——有信心！

　　行，考得好老师有奖励。

　　——奖励什么？

　　一人两块巧克力。

　　底下一片哄笑……

　　读书。读到一段非常不错的描写：

　　村庄是很小的，抬一抬腿就到头了，村庄就是巴掌大的一个地方。只是那巴掌一握就会把好多游子，把好多时光，把好多的梦，把多少年庄稼的长势握在手里。

　　好个巴掌一握。

摊开手掌，我们的手上，又溜走多少时光，多少物事人事？

花开花谢，生命继续着生命的旅程。

晚宴。遇到一个有趣的男人，他不停地敬我的酒，说读过我多少文章，如何如何。

渔民家的孩子，从小家贫，住四面透风的房，受尽别人的冷眼。

我哪想到有朝一日，我也能够进城，还在城里买了房。你知道吗？我买房一分钱的债也没欠。你说，我还有什么不满足的？他的脸上，腾跃着快乐的波光。

人啊，烦恼一天是过一天，快乐一天也是过一天，我选择快乐过。我老婆没工作，我让她不要愁，只要她照顾好家里两个男人，一个我，一个儿子，就好了。一家人在一起，不挨饿，不挨冻，这样的日子派有多舒坦，还要怎的？

我每天不管多忙，回家都不忘做一件事，就是拥抱和亲一下我的儿子。这样相聚的时光不容易啊，要珍惜。

我对我儿子的要求不高，只要他努力了，他哪怕以后踏三轮车，我也接受。

……

男人整个一话痨子，却不惹我烦，我从头到尾听下来。只因啊，他的人生，有光，有暖，有珍惜。

草香

三十一日

八月的最后一天，天空依然晴和。王羲之有"天朗气清，惠风和畅"之描绘，他写的是千年前的暮春，我以为用在这样的天也很合宜。

秋却是秋了。我看见栾树的果，已染上红晕。不多久，又将是通红的一撮撮，如悬着无数的红灯笼。

一些地方也在紧锣密鼓地准备着开迎红叶盛景。我们也计划着，要去哪里看看。

读汪曾祺的游记。老爷子写游记完全不按套路来，有啥说啥。他不关心山之雄伟，江之宽广，也不关心三皇五帝，王侯将相。秦始皇的丰功伟绩与我何干？——这是老爷子的原话。他又自称是写小桥流水的。有意思。

有些美，是我觉得你美了，你便是美的，无关历史，无关风月和其他。

秋天里，总能逢到修剪草坪的。剪草机呜呜呜开过去，草的"长头发"，一堆堆被割下，空气中弥漫着草香，是种混合着成熟谷物之香的香。浓浓的、厚厚的，取了它，搅拌搅拌，似乎就可烙葱花饼吃。

好闻，真好闻。我每遇见，总贪恋地待上一待，猛吸鼻子，真好闻啊！

今日恰逢遇见。我站在那块修剪好了的草坪跟前，看它如新剪了头发的小孩，变得又整洁又光亮。那堆积在地上的草的"头发"，可真香哪，如果用它做个枕头，一定很好。我正这么想着，修剪草坪的人过来，他冲我笑一笑，我还他一个笑。

我们的笑，软软的，也散发着草香。

每天都有好事情在发生，也有不好的。

有人欢喜，有人疼痛。我唯愿欢喜多一些。

九月
September

水 墨 泼 染 的
大 好 河 山

每一个四季，都是自己的人生

感谢我栖居的小城，有这么多的花草树木，鸟和虫子们都是自由的，月亮也能按时出来。

葬礼

一日

　　参加一个葬礼。一个文友的。他独居一隅，尸体躺在屋内好几天，才被人发现。享年 62 岁。

　　虽在一个城内，一年内，我们也顶多碰上一两次。算不得过分熟识，然印象深刻。他个子不高，憨憨的，见人一脸笑。从前当过兵，喜欢写些军营里的故事。他放在博上，有人去读，他就高兴得不得了。能在地方小报上发上一两篇，他也高兴得不得了。自费出过两本书，谁问他讨，他必亲自恭恭敬敬送去，骑着他那辆破自行车。他生活简朴，有限的资金，大多用来买书了。我的书，他悉数买了收藏。别的文友出的书，他也买了收藏。

　　据说多年前离婚，一直单身着。独自带大儿子，儿子却不大学好，犯了事，正被关押着。

　　我们有过不多的对话，我称他"徐老"，他叫我"梅子老师"。你又出什么书了？我去买。遇见我，他必这么问。

　　突然觉得人生的虚无。

　　营营一生，似乎一点儿意思也没有，终归成一缕烟散去。苏东坡叹："浮名浮利，虚苦劳神。叹隙中驹，石中火，梦中身。"想他生出这般感慨，怕也是突然觉得人生虚无了吧。

　　遇到不少熟悉的人，相互点点头。大家谈着死者的种种，昨日还鲜活着的人，今日已无声无息。一小孩在人缝里钻来钻去，他在玩捉迷藏，快乐得很，咯咯的笑声，在寂静的大厅里，很是突兀。大家都看着那小孩，笑，悲伤气氛淡化了。逝去与新生，如此自然而然。如叶落与叶生。

从葬礼上归来，一路上的紫薇盛开浩荡，红红粉粉一个繁华世界。

到家，有电视台读书栏目推荐我的书，让我给读者写几句话，我写下了这样的一段：

我们都是渴望光和暖的孩子。少些争执，多些宽容和谅解，人生真的经不起浪费和辜负，一下子，夏已成秋。愿每个生命都能活出应有的快乐和尊严。

凌霄花

二日

腿伤基本痊愈，也就恢复了每晚的外出锻炼。

我喜欢沿着绿树环抱的甬道走，一边走一边看路边的树和花。偶尔还看到一两朵石榴花在开，我痴痴看一会儿，很高兴。

凌霄花是这个季节的主打花。它其实是从夏天走过来的花，六七月就开始开了，一直开到现在，还将开下去。一座小桥旁，牵着一丛，栏杆上爬满花朵。桥墩上也趴着。有的花朵还越过桥栏杆，往水里面探过身去。它们跟水里的鱼儿，有个约会。

本是登高望远的花，现在低到尘埃了。倒也没见着它有什么不适应，一样的花开勇猛，所向披靡。它们从不单枝独放，而是几朵相拥，有抱团取暖的意思。我走过，蹲下去看看它们，跟它们打招呼，嗨，小伙子。

唔，凌霄花可不是娇滴滴的小姑娘，它们是吹着唢呐的小伙子，红绸腰带系着，红绸巾扎着头，双手握着唢呐，对着天，对着地，兴高采烈吹着。真是剽悍得很哪。

从前的文人，对凌霄花都寄予极高赞誉，唐代欧阳炯曾赋诗云："凌霄多半绕棕榈，深染栀黄色不如。满对微风吹细叶，一条龙甲入清虚。"把凌霄花比喻成龙马所衔之甲，气宇非凡，威武十足。宋人杨绘也对它赞赏有加："直绕枝干凌霄去，犹有根源与地平。不道花依他树发，强攀红日斗修明。"敢跟太阳一决高下的，怕只有此花了。清人李笠翁则丝毫不掩饰自己的偏爱："藤花之可敬者，莫若凌霄，望之如天际真人，卒急不能招致。"不知他若看到而今桥头趴着的这两丛，会做何感想。

花本没有高下之分，全是人的情感在左右啊。

我妈的庄稼

三月

老家。我妈。水稻田。

我站在水稻田边，看地里的水稻，绿汪汪的一大片。稻穗子已秀出来，一枝枝，淡绿的碎花儿，薄粉轻敷。我知道，那里面包裹着洁白的米粒，包裹着日月精华，还有我妈的汗水。

我妈站我身后，她的眼光抚过那些稻穗，她说，今年我家的水稻，没人家的长得好呢。语气是遗憾的，失落的，还有些许的不甘。

我妈已是 75 岁的老太太了，瘦得像一只老羊。她还在操心着这个。她一辈子都在操心着这个，操心着她的庄稼。

可是，我看着挺好的。我说。

就是没人家的好。没人家的饱。我妈噘着嘴说。她说的是没人家的颗粒饱满，我却怎么看，也看不出分别来。

这得佩服一下她老人家，对庄稼，比对她的孩子还要熟悉。我妈一直怀着颗好胜心，她种的庄稼，就要是最好的庄稼。

我说，我看着挺好，反正我没本事种出这样的水稻来，我等着吃你种的新米呢。

我妈立马开心起来，她眉开眼笑地说，有，有，你吃的新米，多着呢。

屋门前，我种下的波斯菊，开着碗口那么大的花。我妈把它们喂养得肥肥胖胖的。

　　我说，妈，你看，你把花也喂得这么好，没有哪个人能喂出这么好的花。

　　我妈乐了。

　　给我妈塞了点零花钱。我说别舍不得用，用掉后，我还会给的。我妈忸怩了一番，很害羞地接过去，抿着嘴儿偷笑。我很开心，能让我妈像小姑娘一样害羞。

每天都有好事情在发生

四日

搬出彩铅来，准备画一片树叶子。

外面的天空暗暗的，憋了一天了，不知受了什么委屈，似乎要哭，却愣是不曾有"眼泪"下来。其实我们都是盼雨的，一个夏天都没怎么下雨，乡下的庄稼，都渴得很。稻穗儿和黄豆荚都不饱满，瘪籽多。难怪我妈要说，不饱。

秋却没有丝毫犹豫的，阔步而来。栾树的果子红了一半儿了。地上的落叶，也多起来，上面都描着秋的影子。

我画落叶。本是挑褐色的来着色，但最后，我挑了鲜绿的。我画落叶青春时的模样。

有鞭炮的声音响起来。今天是个什么好日子呢？那放鞭炮的人家，又逢着什么好事情？我呆呆想一回。

每天都有好事情在发生，也有不好的。有人欢喜，有人疼痛。我唯愿欢喜多一些。

儿子回来住两天。陪他谈天说地。又拖他一起外出散步。

现在的孩子，懒得动弹，这是相当不好的现象。又面对大自然之好景色，无动于衷，这令我心焦。我见缝插针地普及一些花草知识给他，这是凌霄啊，《诗经》里叫"苕"。这是木槿哦，《诗经》里叫"舜"。

五日

闷，却迟迟不下雨。奇怪的天啊。

心情无来由地不好起来，为什么呢？怨这种天吧，气压太低了，憋得人喘不过气来。

做什么事都索然，索性不做，就看看书吧。并在一盆土里，埋下半只山芋，等着它长出一盆的芋叶来。

午睡时做了个梦。梦里我去往一条河边，河两边全是人家，那地方我好像认得，又陌生得很。一个人趴在河边摘菱，我只望见他的后背，穿件蓝衣裳。他对我很熟识般的，跟我点头，说，你来了啊。我答，是啊，我来了。

我看到满河的菱。我说了句很奇怪的话，我说，菱花怎么就开过了呢？

醒来，愣愣的。那是个什么地方，又是个什么人？我在可惜着一河的菱花。这真是个好奇怪的梦。

读到一首诗，喜欢得很，想与所有人分享。诗是葡萄牙诗人费尔南多·佩索阿的，《你不快乐的每一天都不是你的》：

你不快乐的每一天都不是你的：
你只是虚度了它。无论你怎么活
只要不快乐，你就没有生活过。
夕阳倒映在水塘，假如足以令你愉悦
那么爱情，美酒，或者欢笑
便也无足轻重。
幸福的人，是他从微小的事物中
汲取到快乐，每一天都不拒绝
自然的馈赠！
我把它抄下来。为着观照自身，时时提醒，要做个快乐的人。

闭户寂无人

六日

下了一点雨，干渴的心，终于得到滋润了。

高兴的还有植物们，它们才是久旱盼甘霖呢。乡下的水稻，皱起的眉头，也该松开了。我几乎看到我妈脸上的笑意了，老太太这会儿，是不是围着她的水稻田在转悠呢。

趴地上，把书房的地板擦得一尘不染。我喜欢书房是洁净的。这样，我读的书也洁净，写下的字也洁净。直起腰来时，腿疼得不行。嗨，到底人老了，骨头都疏松了。

很顺利地完成了今日的写作任务，提早出门去，在天光还很敞亮的时候。

草坪上的草，在一夜间黄了。栾树的果实，快马加鞭地染着红。紫薇的花已显出凌乱，心慌意乱的模样。它慌什么？凋落是逃不开的命运。又何尝不是一种使命？曼珠沙华倒是开得好，像煮熟的小龙虾，蜷着，艳得很。

我去看木槿。有一大丛开着满满的花，花淡紫，多瓣，像用绢纸叠的。这种花朝开暮落，常给人光华只一瞬之感。然又是层出不穷前赴后继的，昨儿看着一树的花，今儿去看，还是一树的花，似未曾少去一朵。故它又名"无穷花"。这才真是有手段的，能把一瞬和无穷，衔接得如此天衣无缝。

木芙蓉的花也开得好，花腮红粉，像抹了胭脂。

写木芙蓉的诗词不少，数王维写的顶有人生况味：

木末芙蓉花，山中发红萼。

闲户寂无人，纷纷开且落。

山中幽深，花与人家俱寂静。

七日

　　签一个合同。编辑要求我改一下书名，说找卖点啊。又要我删改里面的一些内容，说找卖点啊。我想了想，回绝了。我一个字也不愿意改动，一动，整体格局就全乱套了，就面目非我了。

　　我只写着自己的文字，不为讨好任何人。

　　想引用博尔赫斯的话激励一下自己：

　　我写作，不是为了名声，也不是为了特定的读者，我写作是为了光阴流逝使我心安。

　　时时被一些感动撞了心。

　　一远在四川的老读者，给我来邮。他追着看一家报纸副刊上我的文章，追了十多年了。后来那家报纸停办了，他不知到哪里去读我的文章，于是找到我的邮箱，给我来邮。我告诉他，我现在基本不投稿了。他一听急了，以为我搁笔不写了，故很快给我写来第二封邮件：

　　小妹妹，非常地感谢您给我及时回电子邮件。我感觉在可能的情况下，您要多写文章，哪怕是写点随笔。现在，您已经有了这么丰富的生活积累，有了如此扎实的写作基础，就应该多写。一般人没有注意的生活细节，您却注意了，一般人写不出的千古之事——文章，您已写出来了，这就是您"白里透红、与众不同"的方面，这就是您个人存在的社会价值。我建议您继续拿起自己心中的笔，写出自己对生活真实的感受，写出自己精彩的人生。

　　他一声"小妹妹"，真正是要把我的泪叫下来。

　　是的，我写。我会一直一直把文字写下去。

今日
白露

八日

有一种花叫"再力花"，名字听着挺古怪的。

花却不古怪，还挺美。水边长着，叶子跟美人蕉的相类似，花是蓝紫色的，穗状的。

佛山多此花。我在一公园的池塘边见着，不识。询问旁边一扫地的老者，老者摇头说，不知。后在南京石塘人家那儿也见过，水边植有多株，细长的花茎顶端，擎着一枝枝蓝色的"麦穗"，还是不识。这几乎成我的一桩心事了。

今日，在小城的河边突然遇见，我采下一枝来，特地走上一段路，跑去问生物老师张。终于得知，它叫"再力花"，又名水莲蕉、水竹芋。这两个名字文气了很多，然细细咂摸，觉得还是"再力"好，再力再力，是在喊着口号，自己给自己加油的。

它是移民，老家在美国和墨西哥。它的花，确实颇能开，永远鲜艳如初的样子。

捡到一个美好的句子："深秋中的你，填满了我的思念，就像，落叶来敲我的窗。"

落叶来敲我的窗。好生动。

我住在七楼，落叶敲不到我的窗。我倒疑心有白云朵来访过，偏偏当时我不在家。

　　月色朦胧。

　　月光下，一些树木，站成淑女，身影影影绰绰。有棵树上，一片叶子特别闪亮，我以为有什么东西掉在上面。走过去看，发现它小心地盛着月光。像掬着一颗亮晶晶的心。

　　秋虫在一棵栾树上叫。这几天，它似乎一直待在那棵树上叫，叫得挺大声的。别的声息都没有，只它，在叫啊叫。叫什么呢？是看到月光，挺开心么？我仰头望，想爬到树上去，和它一起叫。

　　桂花在不远处开。我又想变成一朵桂花，也跃上枝头去开。

　　遇到一刮落的树枝，躺在路中央，我弯腰捡起它，把它请进路边的草丛里。在那儿，它会化为泥土。它不会再挡了谁的路，绊了谁的脚。我忽然想，我弯腰的姿势，一定很美。

　　今日白露。我在心里面念了几声，白露，白露。像念一个好女子的名字。这个女子，皮肤白皙，冷而高挑。

九日

读到郑板桥的好情怀，录之：

汲来江水烹新茶，买尽青山当画屏。

江水烹新茶倒不奇，买尽青山，可真是气魄得不行了。

也喜欢"雨中山果落，灯下草虫鸣"这样的闲适、宁静和干净悠远。多好啊，一场秋雨悄然而至，于慢吟浅唱中，山中野果，轻轻掉落。归家掌灯，一屋的温暖氤氲，屋外的草丛里，虫子的鸣叫，缠绵如梦呓。夜晚的静，更往静里头去了。在古人来说遍地相遇的美好，在现代人，已成向往和奢侈。

我想到少时的往事，每每大雨过后，空气清冽，池塘的水小河里的水，会漫至岸上，漫至沟渠中，鱼虾随之漫出。乡人们卷起裤腿，随便去地里走走，泥沟里都能捉得鱼几条，虾无数。还有螃蟹，在地里乱爬着。也没人吃它，我们捉了来，当玩具，用绳子牵着走。那时，我们是与鱼虾与鸟雀与草木共一个家的。

我说这样的事给那人听，他当是天方夜谭。果真有这样的事？他表示怀疑。他没在农村待过，他出生在海边一个小镇上。

替他遗憾。我遇到那么多好玩的事，认识那么多好玩的草，好玩的虫子，他都没有遇到过。

枫泾

十日

奔枫泾来，完全是场意外。

本是到昆山花桥去看房的。因时间宽裕，搜索周边景点，枫泾跳了出来。

名字不错，枫泾。应该是枫树绕泾。况又是古镇。我对古镇向来缺乏抵抗力，我喜欢寻些古房子古街道看看。

在宾馆里安顿下行李。问前台服务员，你们枫泾有什么好玩的？那个小姑娘眨巴着一双天真的大眼睛，想半天，告诉我们说，也没什么好玩的，就那条河吧，就那条走廊吧，去看看红灯笼吧。

唔，熟悉的地方没有风景。我和那人对望着笑一下，出门，我们自己看去。

江南的古镇，是离不开水的，枫泾也是。一条河，该叫"枫泾河"的，把古镇的骨架子给撑了起来。南北贯穿，又各有支流分割而去。房子、长廊，都是倚河而建，有台阶下到河里。屋顶上，黛瓦如鱼鳞般有序排列。

枫泾河看上去并不宽阔，貌相寻常。然在历史上，它的地位可不一般，它曾是吴、越两个小国的分界线，南越、北吴。长廊在吴这边一路委蛇，每隔四五十米，就有桥横于河上，"越人"来吴，"吴人"去越，都得从桥上过。我从桥这边，一步跨到桥那边。又从桥那边，再跨到桥这边来，我做着吴人，也做着越人。我在想它的从前。从前的人们，也是这般其乐融融么？人类总是很搞笑，你争我抢，抢什么江山。岂知江山根本不属于任何一个人，江山属于江山自个儿的。

　　晚上，在河边坐定，叫上三五个家常菜。炒玉米仁来一盘，烧鳊鱼来一条，再来点蒸南瓜和炒螺蛳吧。一河两岸的红灯笼，高低错落在河里。风轻轻吹着，耳边有吴侬软语唱晰着。恍惚间，我是走进吴越的故事中了，成了很有古意的一个人。

烟雨江南

十一日

到江南逢上雨，有点像逢着艳遇。

烟雨的江南，有着柔媚。何况是在枫泾这样的古镇。

不像别处，只作"盆景"移植，曾经的古，都被破坏殆尽。枫泾不是，它的现代与传统相融在一起。昔日的老房子里，生活还按照从前的样子，剥莲蓬，做芡实糕。裹粽子的阿婆，一个大桶搁在脚边，粽叶在她手上纷飞缠绕。

枫泾三桥那儿，是值得缓缓看的。水在那里打着转，拐角过去，往东甩一甩袖子，往西扭一扭腰肢，就圈出一个大水湾。湾畔房屋树木，尽数倒映水中，跟长在水中似的。雨烟轻拉在层檐下，桥边的合欢，还在开着柔粉的花。

无多少游人，无嘈杂喧闹，当地居民过着自己的日常。一年轻女子抱着牙牙学语的孩子，坐在屋门前，一遍一遍教那孩子说话，宝宝快叫呀，叫妈妈呀，妈妈，妈妈。走遍天下，语言再多千差万别，然这一声"妈"，却几无分别。天下的妈妈呀。

小植物们都用石头缸养着，铜钱草或是太阳花，随处可见，衬着木格窗，衬着石板路，好看得很。

扁豆花开在细瓦上。丝瓜花从屋顶上披挂下来，垂向水面，俏皮得很，似逗水玩。我认为它们跟鱼有个约定。人家的木门木窗，半遮半掩，不闻人声,却自有种清新甜蜜的气息,穿窗穿门而出。有小白猫端坐在扁豆花下,气定神闲地看着面前的小河、石桥,还有路过的我们。一切皆是宁静清明的,是烟雨江南的模样。

有曲子名《烟雨江南》,我常听。里面混合了笛、古筝、琴、二胡等多种中国古典乐器,温婉到每一个音节里,都滴着小雨点。若拿到这里来做背景音乐,当叫人再不思归去了。

水墨泼染的大好河山

十二日

　　去医院看望刚做了小母亲的蓓蓓。双胞胎女儿，剖腹产的。做剖腹产手术时，可能麻醉没到位，她是在无比清醒中，听着刀子嚓嚓作响地切开她的肚子。疼，疼得如同下到地狱。

　　我去看她。她躺在床上，疼得连睁眼的力气也没有。两个小公主，在一旁酣睡。

　　另一张床上，躺着一位待产的孕妇，正非常吃力地要起身。她的肚子大得像面鼓。她说，真难受啊。

　　我湿了眼睛。每一个孕妇，都是英雄。

　　天下的男人，都得好好疼女人才是。是女人给了他们生命，并且，将他们的生命延续下来。

　　晚上有月可赏的时候，我绝不会错过。

　　月亮在地上作画，画素描。素描宜慢慢品，它不带色彩，空间广阔。把它比作白开水也好。白开水是最地道的水，素描也就是最地道的画。

　　有韵味吗？当然。我刚好走过一条林荫道，好了，脚步再也迈不了了，月亮的画作，铺满一条路。它画的枝叶，比长在树上的，要凝重得多。风来凑热闹。风晃一晃，那些"画作"就跟着晃一晃，树叶簌簌作响，水墨泼染的大好河山。

　　直到看累了，起身，再继续往前走。一边听越剧。越剧这些天也只重复听一首，王文娟的《葬花》。她的嗓音厚而绵，一开口，就含了悲。黛玉葬花是悲的，她唱最好。王君安也唱过这首，但嗓音轻了些甜了些。

　　夜宁静着，路上行人稀落得很了。我在路边的长椅上坐下，看看月亮，听听虫叫，身轻如羽。感谢我栖居的小城，有这么多的花草树木，鸟和虫子们都是自由的，月亮也能按时出来。

独自散步
的牧羊犬

十三日

秋凉。在早晨尤其。

站阳台上，风吹着裸露的胳膊，已带着寒意。空气中有股清冽的味道，那里面该有露。过些时日，该添霜了。还应添上桂花香、菊花香。秋天真是叫人爱的，初秋、仲秋、深秋、晚秋，又各各不同。视觉上仲秋最棒，色彩斑斓，奢华又铺张。

又见栾树开花了，很意外。这个时候，它们该结果才对，且有不少的栾树，已扛着胜利的果实了，红彤彤一片，如撑起无数的红灯笼。我仔细察看，开花的树的确是栾树，枝头托举着一捧捧金黄嫩粉，像一群着黄衣裙的女孩子，在那儿登高望远，金光闪闪。

太耀眼了！耀眼得我得查根问底一下。这一查，恶补了一个知识，栾树原也是个大家族，有品种好些个的。我最初见到的，是全缘叶栾树，也叫"黄山栾树"。而这会儿正开花的栾树，是秋花栾树。

合欢也还开着柔粉的花，如敷着淡淡的胭脂。合欢真是能开的，从六月，一直开到现在。如果不是深爱，如何能做到如此执着，恋恋不舍？

人是最有福的，免费享用着这一切。人要变得更美好才相配啊！

晚上的月亮很迷人，像朵白荷，开在天上。

我一边慢跑，一边抬头望它。它在树梢上头。虫子的叫声，隐在树梢里。柔声细语，似说着情话。

这样的时光，让我感激万分。

那只牧羊犬又出现了。这几天，它都是在这个时辰出现。它从路对面过来，也不看我，走过我身旁，沿着绿化带，一路往前。步子不紧不慢，像个老者散步一般。不时地，它低头嗅嗅路边的花草。也不时地，停下来，抬头看看天，发一会儿呆。似乎被天上的月亮给镇住了。似乎不能理解，这个夜晚，怎么会这么美。

因为
热爱

十四日

　　下午五点钟出门，步行。路线是早就拟好了的，要过三座桥，穿过四个闹市区，然后到达湖边公园。

　　不急，缓缓走。有人的地方我且看人，红男绿女，各各生动。三轮车夫们暂没生意，聚在桥头打牌。桥墩做桌子又做凳子，他们玩得挺开心。卖碟片的，摊子摆在桥头，一中年男人守在那里。现在谁买碟片呢？替他愁。他脸上却没有愁，头摇摇晃晃的，跟着一首歌在哼唱。对面，一辆自行车上，担着水果筐。卖水果的嗓门儿高，唱歌般地在叫，新鲜的葡萄，不甜不要钱咪！

　　我在桥上停下来，望望水。岸边有花，再力花和美人蕉。与水很配。若再配上木芙蓉，会更好看。几朵凌霄花，缠在桥栏上。有花开着，总叫人高兴。

　　人少的地方，我看树木。路边的树木到了最好看的时候。尤其是栾树，一边开花，一边结。细碎的黄花，一撮一撮的，黄灿灿，高踞在树上，光彩照人。

　　我还遇见了葱兰、月季、金钱菊和波斯菊。天空中有两片云，探下身子，也在欢喜地看着。黄昏的影子，渐渐加深。我到达公园时，天边最后一抹红，消失了。月亮升起来，从一排树的后头。

　　很好，我到公园，就是等月亮的。这是十四的月亮，已很圆润饱满了。我静静看着它，它也静静看着我。我不想给它念诗。它适合寂静。

　　这个时候，我其实什么也没想，但内心却丰富得要命。想起怀特说的，生活的真谛老躲着我，想来也将永远躲着我。不过，我还是照样爱它。

　　因为热爱，所以热爱。

不慢待自己

十五日

今日中秋。说好的雨，这次没有爽约，它来了，从早上，到晚上，滴滴答答。

没有月亮可赏。我有些替月亮高兴，今年的中秋，它可以歇歇了。

雨把人困在家里，一家人一起说说体己话。两个老人也从老家给接来了，儿子也回来了。我和那人围绕着锅台转，热热火火的，烧鱼煮虾是少不了的，再用青椒炒藕丝，再炸些藕饼，再烧一道芋头羹。芋头羹用蒜花起锅，倍儿香。

应节的月饼，却过于精致了，口味不似从前的。有朋友兴冲冲来告诉我，有小作坊做的呢。小半天后，他果真提了小作坊做的月饼来，纸袋子装着，月饼味扑鼻，一下子把从前给拉回来了。从前的月饼，就是这个样子的，烤得金黄，外面撒着芝麻粒。馅是五仁的，或什锦的，层层起酥。用牛皮纸包着，牛皮纸上，都渗出油来。

我们一人吃了半只，都说好吃。我对做出这月饼的小作坊，充满感激。问了地址，改天我要去访。

举箸的时候，我想到我爸我妈。拨了电话回去，我爸接的。我爸先是一声"乖乖"，乖乖啊，他这么叫我。我们也买了鱼了，也买了肉了，好好过节。你放心，我和你妈不会慢待自己的。我爸说。

这是我最想听到的话。不慢待自己，是爱这个世界的最好方式。

一枕风雨到天明

十六日

一枕风雨到天明。

夜的寂静里，我辨析着那些雨声，哪些是敲在栾树上的，哪些是敲在广玉兰上的，哪些是敲在紫薇和紫荆上的，还有几棵桂花树和蜡梅树。各各的声响，有的含香，有的含翠，有的斑斓，有的内敛矜持。若是窗台上有枯荷一盆，雨滴上面，该是声声都是怀旧的吧。走过花开明媚的盛年，有的，不是惆怅，是感激。

欧阳修有"夜深风竹敲秋韵，万叶千声皆是恨"之诗句，细细一想，真是惊心，这该是多少的恨！真是景随情迁呢。我倒是很想听听雨敲风竹，万叶千声，该是何等激情澎湃热烈洋溢！

秋凉。这是今年入秋以来的第一次降温。

短衫嫌凉，得套件薄外套了。鸟们的叫声里，也有了凉意，但仍是清澈的、好听的。

秋雨继续。特别像一个人在诉说心事，点点滴滴，说着爱呀爱呀，愁呀愁呀。

枫树栾树都被染红了。那堪疏雨染秋林。这才真叫人受不了呢，爱太满了！

楼道口的几丛凤仙花，还在开着红的粉的花。雨抚过它们，像抚过我的童年。我想一会儿童年，雨落在茅草屋顶上，沙沙沙，像有无数只小猫走过。

　　凤仙花不知是谁在楼道口撒下的。我每走过那里，都要在心里对那个人致敬一回。

　　美是不会被遗忘的。

秋日
私语

十七日

    风雨过后的天空，特别美，天蓝云白得不像话了。我见到一堆云，像小兽一样的，趴在后面人家的楼顶上，像人家豢养的。

    "碧云天，黄叶地，秋色连波，波上寒烟翠"，在秋日的天空下走着，很自然地想起这首词。

    秋天的壮阔，是壮阔在秋色上的。

    植物们染着秋色，或黄，或红，或褐，或褚；流水染着秋色，或青或碧，泛着乌色，又往幽深里去；虫子们染着秋色，叫声切切，倘一碰落，就是一堆的露珠吧。一只红蜻蜓，飞过一棵天心菊去，翅膀上驮着秋色。茅花快白了头了。狗尾巴草的"尾巴"上，镶了"金粒子"，金黄金黄的。路边的几棵葵花，脑袋低垂。它们实在撑不住那果实的沉甸甸。

    叶子在轻轻掉落。栾树的叶。梅树的叶。杉树的叶。梧桐的叶。无风的时候，它们也在掉落。有的发出响声，"啪嗒"一声，吓了地上的蚂蚁一跳。它们正忙着搬家。有的没有声响，悄然的。

    掉落，是这个季节里，叶子们的使命。

    我在纸上写下这样一句话：

    愿这秋日枝头的每片叶子，都能找到归宿。

    我在这句话里，独自祷告了许久。谁家的钢琴声在吟唱《秋日私语》。

真是应景。风停雨歇，太阳照耀着大地，大地有琥珀之光。

　　喜欢这样的秋日，干净，澄明，又是华丽丽的。

　　一个读者在我写的一篇秋天的文章后留言，她说秋就像一只熟透了的大红石榴。觉得这个比喻好，有香气，还带着喜气。秋天是惹人馋的。

灯是夜的
灵魂

十八日

　　顶喜欢夜色将降未降的这段时光。夜的影子，开始在一些枝叶上描着，在一些花草上揣着。我走过一大丛木芙蓉旁，我清楚地听见它们说，哦，夜来了，该睡了。它们的花瓣儿，微微合起来，把小小的心安放在里面，——它们是真的准备睡了。

　　路上的行人，脚步匆匆起来，都是奔着家去的。这个时候，每一个窗口，都将亮起一盏橘黄的灯。灯是夜的灵魂。

　　鸟儿们归巢了。它们在窝里兴奋地说着白天遇见的事物。一排梧桐树上，不知栖息了多少只鸟儿，它们欢快的喳喳声，汇聚起来，竟如敲着锣鼓，哗哗哗，哗哗哗，有排山倒海的气势。

　　天上的云，描上黛青色的影子，如一座座青青山峰。风把最后一丝光吹走，夜，彻底降临，沁凉、纯粹、安静。

　　月亮是在晚上七点多升起来的。这时候，我在体育场的跑道上跑步。跑道东边有几排树木，森森的。树木后边是一条很宽阔的河流，河流的后面是人家，人家的后面是村庄和田野了。月亮一定是从田野里长出来的。它浑圆饱满得太像秋天的果实了，是石榴吧，或是只大南瓜。

　　我看着它爬上人家的房顶，爬到树木的上头，又攀到半空中，在半空中玩走钢丝。它的体格不错，攀高走远都不在话下。

　　我跑去河边。我如愿又看见了河里的一个月亮。我待在河边很久，直到露打湿了衣襟，才回家。

秋之
天天

十九日

今天一直埋首在写作中，但还是抽空看了看天，看了看楼下的树木。风吹得天上一丝云也没有了，就那么湛蓝湛蓝的，像用吸尘器吸过了似的。如果视力足够好的话，应该看到地上的房屋、树木，还有行人、鸟雀，都倒映在天上。

树木们悄悄地换上盛装。我老觉得这个时节的树们，在商量着一件重大的事。一定有重大的事件要发生了。桃之夭夭，灼灼其华，这是春天的盛举，然我觉得秋天，更是夭夭的，灼灼其华的，哪一片叶子，都不逊于桃花。

一场婚礼就要开始了吧？是树叶嫁给树叶，花朵嫁给花朵，果实嫁给果实。

我跟着兴奋地等。我也只需要等着。

读苏东坡。在北宋南宋词风转变过程中，他是个至关重要的人物，他婉约来得，豪迈来得，收放自如。我推他，古今诗词第一人。

读他为琴曲《醉翁操》所填的一首词，吟诵再三，不能自已：

琅然。清圆。谁弹。响空山。无言。惟翁醉中知其天。月明风露娟娟。人未眠。荷蕢过山前。曰有心也哉此贤。

醉翁啸咏，声和流泉。醉翁去后，空有朝吟夜怨。山有时而童颠，水有时而回川。思翁无岁年，翁今为飞仙。此意在人间，试听徽外三两弦。

空山幽远，清音高绝，天上人间。只可惜此曲谱已流失，要不然，不定是怎样的珠联璧合曼妙无穷呢。

拔牙记

二十日

嘴里的牙又闹革命了。每隔些日子，它们就要闹一回。每次它们一闹，我就要想一回我爸我妈，他们强大的遗传基因，在我身上无有遗漏地承袭过来。我从记事起，就常见到我爸我妈被牙痛折磨着。以疼痛的方式来想念，也算是报答的一种吧。

不得已，又跑去看牙医。那牙医对我已非常熟悉，一见我的影儿，就笑了，老师，你牙又疼了？

啊，哦。我不好意思答一声。

牙医很认真地检查了我的牙，说，你的牙已三度松动了，留不住了，得拔掉。

一二三四五六，一排儿，六颗，竟都要拔去。人未老，牙先衰，这些不争气的家伙！

那么，拔吧。我一咬牙，一跺脚。嗯，暂还有两颗牙可咬。

麻醉注入，开拔，牙这会儿却死赖着不肯走。疼。忍着。牙医换一换手，再拔。还是疼。忍着。牙医再换一换手，再再拔。疼啊，没忍住。我带着我的牙，做了逃兵。后面牙医的声音追过来，老师，你记得要吃消炎药啊，不疼了再来拔。

唔……我捂着嘴，我是再不来拔了的，我要等它们自己不愿意待了，自行离开。就像瓜熟蒂落。我已做好准备，它们闹就由它们闹着吧，我也借此体味疼痛，想念一下我爸我妈。又世上病痛千万种，我这不过是最轻的一种，我该感到庆幸才是。

梦见祖母。

她活生生站我跟前，却不回避她已死了的事实，她说，她是从那边过来的。让我给她准备条裤子带走，还让我给她一些钱。

我疑惑，我们的钱你可以用吗？

祖母说，到那边只算一半的，一块钱当五角钱用。

她坐到我家地板上，手里捧着一叠什么，笑眯眯告诉我，在那边没事做就玩玩纸牌，四个人玩，全是村子里过去的熟人。

阴阳之间，有条通道吗？我不迷信，然我却相信，人的肉体会消亡，而精神却能穿越时空，常来相会。因着有怀念，才不会遗忘。

收拾衣橱，里面塞太多衣物，乱得不成样子了。

收拾时，自己都奇怪着，我什么时候像鸟儿衔草似的，衔了这么多回来？平时穿的，也就那么三两件，轮番着穿，穿旧了也还是爱穿。

可为什么要囤积这么多呢？它们多像身处深宫的宫女，头发熬白了也见不到君王面，——不是君王太无情，而是女人太多，他顾不过来了。这个比喻让我不安，——它照见了我的贪心。

我把多余的衣，一一清洗，打算全部捐送出去。

学会删减，是人生的必修课之一。

窗外雨，天微寒。

牙继续疼，嘴肿着。那人特地去买了蛋糕回来，他说，蛋糕软和，你总能吃一口的吧。因牙疼，我一天粒米未进了。

为了安慰他，我忍着痛，吃了一点点蛋糕。

新拍了几本书，《红楼梦》和《聊斋志异》。手头的翻卷边儿了，想换了新的版本再翻。

它是花里
的穆桂英

二十二日

早起，雨已止，天光清澈。

博古架上的半块红薯，茎叶又窜长了一截儿，且又有新的茎叶冒出来。沐在清澈的天光里看，它的造型实在匠心，像一只引颈远眺的绿色的鹤。

文竹也开了花。挺意外。我断断续续养文竹也有一二十年了，还是第一次发现，文竹也开花的。花与它的茎叶极配，也是纤细的，淡绿浅白的花朵，跟芝麻粒差不多大小，不凑近了细看，还真不大看得出，会误以为那是长出的新叶。

拿相机给它拍照，放大了看，我的天，它实在，称得上是个美人。姿容清新脱俗，跟兰花有得一拼。

一枝上有四朵，一枝上有六朵，够我赏些时日了。

桂花香得很剽悍。

只要出门，就能闻见。庭院里，河边，树丛中，它势力庞大，无处不在。

不出门也能闻见。它跑在风的前头，穿门入户，喧宾夺主，不拿自己当外人。

我们也不拿它当外人，任由着它屋内屋外乱窜。

能说什么呢！这天，是它的天。这地，是它的地。它霸道得独一无二，却不遭人嫌，闻见它的香，人都要喜出望外一声，啊呀，桂花开了呀。

当然。

它全副武装披挂上阵，所经之处，无一不对它臣服。

它是花里的穆桂英。

比如花草

二十三日

又是一路缓缓走。

绊住我脚步的事情太多，比如花草。比如天空中的云彩。我总是很难准时到达预约之地。有什么办法呢！

栾树一边开花一边结果。风没有吹，它细黄的花瓣也且开且落。站在一棵树下仰头看，一棵开满花的树啊，树上面是秋天明净的天空。多像油画！

草地上的曼珠沙华，红得有些诡异。血红的，细长的花瓣卷曲着，像谁顶着一头的红卷发。它们是花里面的妖精。回回见，回回都要被它惊住。

木芙蓉是秋天的大美人。真正的美人。粉腮粉唇，回眸一笑百媚生。它没回眸，倒是惹得我频频回眸了。一大群"美人"，荡起粉红的裙摆。我几乎没办法从它们身边走开。

枫树红了，是从顶部的叶，率先红起来的。我站它旁边，看它的叶子怎样被染红。我觉得不可思议。明明几天前，我见着它还是一树青绿的。谁给它染上色的呢？是风吗？是雨吗？还是夜露？还是闲得发慌的鸟？

鸟只管唱歌。

一老者坐在枫树下的一条长凳上，他在听京剧。他微闭着眼，一边跟着哼，一边打着拍子。一树枫叶映着他的人。他许是见着枫叶红了，许是没见着。我走很远，回头，觉得那一人一树，是再搭配不过的美好景致。

小市井

二十四日

"睛若秋波"是曹雪芹形容贾宝玉的。若是换作"春波"又如何呢？春波太明艳了，秋波才恰当，有澄澈清明。

现在正是秋波荡漾的时候。

我去一岔路口。以前上班时，我天天从那儿经过。岔路口的一边有一小片杨树林子，杨树林子里，有个小市井。

那小市井是什么时候形成的呢？说不清。这有点像过去的集镇和城市的形成，本是道中歇歇脚的地方，因歇脚的人多了，就有了客栈酒楼，就有了商行布行了。

这里没有客栈酒楼。这里摆着许多小摊子，摊煎饼的、卖馒头的、做小烧饼的、卖凉皮的、卖豆腐干的、卖水果的，热腾腾得很。凡尘烟火都来相聚了。

修理自行车的摊子最热闹，旁边坐着好些人，他们也没什么事，就是聊聊天。那些踏三轮车的、收荒货的，或是路过的，都把这里当歇脚点了。大家都是老熟人，一见面就大声招呼，毫不见外地开开玩笑。

林子边上，摆着桌椅，有人对弈，围一圈人在看。

这是个聚人气的地方。因这人气旺盛，我颇喜欢来逛，闻闻这烟火气，觉得踏实。每次来也不空手回，买上点水果，买几块米糕。

今日我买两块钱豆腐干。一男人骑车来，摊主夫妇忙招呼道，今天你怎么来晚了？说时手上的豆腐干已放作料搅拌均匀，给他递过去。男人把两枚硬币搁进他们跟前的铅盒子里，站着就吃起来，一边回答他们的话，今天有事耽搁了会儿。

  我抬头，天上有不错的云。我好想把它做成糖吃。嗯，最好带点炒栗子味的。

按自己的意愿开花

二十五日

我走在一个秋天的小园子里，园子里长有不少树木花草。紫色的小米花，像一只敛翅的紫蝴蝶。我蹲在那儿看，突然听到身后"啪"一声，很响的摔落声。惊异地回头，又是"啪"的一声。一枚熟透的银杏，掉落下来。

那棵生长了八百多年的老银杏树上，挂满了黄澄澄的小果子。

不远处，一棵很高的柿子树上，亦是缀满了果实，红彤彤的。柿子树长那么高我还是头回见。鸟儿们愉快地在树上穿梭，高兴了就啄上一口果子。这有点类似于天堂了，树按自己的样子生长，按自己的意愿开花、结果、成熟、凋落，鸟儿们可以自由飞翔。

果实人也吃，鸟也吃，不争不抢，更像天堂了。

去参观蝴蝶兰培育基地。看到一式一样的蝴蝶兰，白的，紫红的，满满地开着，整棚整棚的，在恒温操控下。它们看上去那么假，不像真的，像塑料粘的，没有鲜活气。

我虽震撼，却不喜。我还是爱野地里野生野长的那些花，命贱，风也受得，雨也受得，它们只按自己的意愿，开着属于自己的花朵。

相遇
鸭跖草

二十六日

相遇鸭跖草。

它在一石阶旁。秋日安详，它亦安详，小小的两瓣花，染着洁净的碧蓝，花蕊儿伸得长长的。像天真的小蝴蝶，正被什么吸引住了，敛声静气的，伸着脖颈，专注地看着，一脸的欢快惊喜。

我看见它，亦是惊喜了。蹲在它身边，待了很久。我是想和它一起开花，开成它的模样。

它的名，俗气得可爱，鸭跖鸭跖，该是一只刚出窝的小鸭子才是，那脚掌细细的，嫩嫩的，带着点浅黄色。它又有名曰"鸡舌草"。不是鸭，就是鸡的，人们当它是可爱的小动物了。

李时珍的《本草纲目》里，对它的记载，有段描述，特别详实有趣：

竹叶菜处处平地有之。三四月出苗，紫茎竹叶，嫩时可食。四五月开花，如蛾形，两叶如翅，碧色可爱。结角尖曲如鸟喙，实在角中，大如小豆。豆中有细子，灰黑而皱，状如蚕屎。巧匠采其花，取汁作画色及彩羊皮灯，青碧如黛也。

对，鸭跖草又叫"竹叶菜"，因它的茎叶特像竹子的茎叶而得名。花如飞蛾，碧色可爱，——我几乎看到这个自称"濒湖山人"的医学家唇边，荡起的一抹怜惜的笑，他蹲在那里，专注地看着这小小的花朵，看得心里有了温柔意。

我还对后面的"巧匠采其花，取汁作画色及彩羊皮灯，青碧如黛也"很感兴趣，不知用它作出的画，做出的皮灯，是怎样的可爱迷人呢。

玉盆纤手
弄清泉

二十七日

如果要我推词家，苏东坡当数第一位。他既有豪迈之气，又有婉约之态，一个男人兼阳刚与阴柔，那是最具杀伤力的。倘若他生于现代，不远万里，我也要追去，给他送上一壶好酒。

他随便一首词，都散发出尘屑活泼的光芒。我正读他的《阮郎归》，喜欢啊！

绿槐高柳咽新蝉，薰风初入弦。碧纱窗下水沉烟，棋声惊昼眠。微雨过，小荷翻，榴花开欲燃。玉盆纤手弄清泉，琼珠碎却圆。

对那弄清泉的玉手，无限遥想！何等美好，镶在那日常之中，仿佛你我的昨天。青春年少的心里，正一寸一寸生长着情思和愁思，也是说不清的。低头弄清泉，有闲趣，也有惆怅，不说。那四方飞溅的小水珠，很快聚拢。

喜欢宋词。常常只是一个片断描写，却似乎把人生都说尽了。拿到今天的写作上，完全可以借鉴。有时，真的不需要写得多深奥多深刻，只要这样的日常。这生活着的，鲜活着的，却动人心魄。

牵牛花的上午

二 十 八 日

　　我是为了这些牵牛花，再次来到泰安的吗？我在这个秋日微凉的上午，伫立在泰山脚下，伫立在一朵一朵的牵牛花跟前，有遇见的欢喜。

　　这是一家干休所的外围墙。铁栅栏上，爬满绿植，牵牛花像些活泼的小姑娘，在那些绿植里蹿上跳下，穿着或紫或蓝或白的喇叭裙。它们是在玩捉迷藏么？小丫头们也是傻了，那么鲜艳的明媚，如何藏得了？我轻易地就看见它们，那昂扬着的小脸蛋，如鼓着腮在吹小喇叭。

　　天气算不得好，有点阴。可是，快乐是不打折扣的。它们有种"我的快乐我做主"的劲头，又，我开花我骄傲。

　　有过路的人，看一眼它们，或不看一眼，这都无妨。它们愿意充当好看的背景，让每一个路过的行人，看上去，都像走在画里面。

　　我在那里徜徉了许久。干休所里静悄悄的。路边走过的行人，静悄悄的。只有这些牵牛花，在嬉笑打闹着，如粼粼水波。每一粒水波里，都住着一颗欢脱的小太阳。

　　我把这个美好的上午，命名为：牵牛花的上午。

寻访
花草

二十九日

　　每到一地，我首先拜访的是花草。我以为，一个地方没有花，这个地方再繁华，它亦是荒凉的，苍白的，没有温度的。

　　在章丘的早晨，我吃过简单的早餐后，沿着酒店门前的路，往南走，去寻访花草。路边梧桐树的叶子，斑斓着。想起两天前在泰安讲座时，让孩子们现场描绘一下，他们校园里的梧桐树的树叶。一孩子说，像手掌。一孩子说，像蝴蝶。一孩子说，像扇子。一孩子说，像小舟。孩子们的想象力很神奇，他们的世界，就是一个诗意的王国。我特喜欢像小舟的这个比喻，秋天的每一片叶子，都是一叶小舟，它们扯起风帆，就要乘风远航了。

　　我走在"小舟"荡满的路上，遇见了木须花、木槿花、月季、剑兰、野蒿子、狗尾草、绣线菊、五角梅和打碗花。木槿的花很是小巧，躲在纤细的枝叶间。比南方的木槿要小很多，显得更秀气。是个害羞的小人儿，见着生人，把脸使命往母亲怀里埋。打碗花只有几小朵，攀在低矮的木栅栏上，我自娇媚我自笑。绣线菊和五角梅，是一大片的，红红黄黄，像一大片彩蝶落下来。几个老人穿一身红衣，在一大片的绣线菊跟前打太极拳，一招一式，都带着古意。

　　下午去讲座，在章丘实验中学。

　　讲完，累得不想动弹。

　　黄昏时，正站在一家叫"小葱拌豆腐"的小店门前望天，天空有大片的火烧云。突然听到一声惊叫，梅子老师，梅子老师！我循声望去，一孩子坐在大人电瓶车的后座上，正驶过小店门前，大约是放学路过。孩子看到我，激动得频频招手惊叫。大人停了车，那孩子奔过来，就给了我一个大大拥抱。

　　梅子老师，我好喜欢你哦，下午听你讲座，太感动了！她又笑又跳。

　　大人在一旁证实，说，是啊，她都兴奋地说了一路了。你就是梅子老师啊，谢谢你啊。

　　所有的累，在那一瞬间，全跑光了。

章丘的水

三十日

　　章丘高官寨，一个傍倚黄河的小镇。我到了那里，自然要去看黄河。

　　陪同我们的，是当地一女子。她从小在黄河岸边长大。说起小时候，她眼神变得迷离。她的老家，就住在黄河边上。那时，她和妹妹，成天在黄河边玩。特别是有月亮的晚上，她们迟迟不肯睡觉，在沙地里打滚，像两只滚圆的鼹鼠。她们捧起细沙，随风飘扬，一个大大的月亮，恨不得掉到沙地上，砸了她们的头。她迷惑，说，小时的月亮怎么那么大那么圆那么亮呢？

　　我笑了，我也以为是。那时，人与自然均纯粹。

　　看黄河。一条飞满尘土的河流。水看上去并无奇特，然它浩浩荡荡上千里，一路走，一路沉淀，这才有了物草肥美，人烟稠密。它孕育了中华五千年的文明。

　　岸边的细沙是一大特色，又软又细，像金黄的米粉。

　　我站在那里静静看，天空上飘着些白云朵，像用绵羊的毛，织成的氅子。我等着它落下来，给黄河披上。

　　去看百脉泉。章丘因它而灵动。已枯竭两三年了，今年因雨水大，泉水终于冒出来了。市民们欣喜若狂。每天去看百脉泉的人，络绎不绝。

　　确是奇观。那么多的泉眼，此起彼伏，如小鱼一串串，吐着泡儿。

最大的墨泉，泉眼之中，如一锅粥在鼎沸，昼夜不息。梅花泉名副其实，五注泉水，汩汩而出，恰如五瓣梅花盛开。

　　大自然的手笔，谁也猜不透。在大自然跟前，我们只能永远做着膜拜者。

一些声音、气息会构成你生活的磁场和氛围，它们在，你才得以心安。

因为不曾失去，因为不曾走远。

十月
October

静 水 流 深

每一个四季·都是自己的人生

它是赤脚奔跑的小娃娃。它是枝头蹦跳的小鸟。它是一只小熊，一只小獾，一只憨憨的小旱獭。它有它的音乐弹唱，叶子做成笛，花瓣做成瑟，吹之奏之。

骤雨
不终日

一日

遇见了美妙的云，在从章丘回东台的途中。

云在车窗外，我不用仰头，就望得见。我们车行，它们也行。像浮在轻雾的水面上的一岛屿，雪白的岛屿。

淡蓝的天幕，多像海面。又似涟漪不动的湖面。大大小小的"岛屿"，浮在上面。却不安分，闹嚷嚷着，在水面上追逐嬉戏，形状不断变化着。

很快，那些"岛屿"变成了簇簇花朵。是白玉兰，是杭白菊。一朵挤着一朵，一朵叠着一朵。花海汹涌。

我又疑心"花海"里面住着人了。孩童们在里面奔跑跳跃，他们扯起一把一把的云，像举着一束一束的花，在云与云之间穿梭。

入江苏境内，好太阳好云朵都不见了。天阴。再往前走，雨落，且下且大。家里朋友微信告诉我，家里正下大暴雨。真有意思，一路上遇着两重天。

黄昏时，顺利抵达家门。下着的暴雨，已停，空气香甜。想起老子的话，"飘风不终朝，骤雨不终日。"一笑。自然之态，又何尝不是人生之态？

盛宴

二日

　　早起有雨，至晚间，方定。纠结着要不要外出跑步。借口是极容易找的，天气太潮湿么，路上不好走么，就不要跑了。

　　我们常如此找着借口，对自己做出一次次妥协，于是有了半途而废。

　　但最终，我还是走出家门。我希望自己是个能坚持的，是个有始有终的人。

　　出门来的福利真是不少。清澈的空气，是可以随便品尝的，深呼吸或是浅呼吸，那随便你了。桂花的香，是可以随便品尝的。蘸着湿润润的空气，味道更醇厚了。可当酒痛饮。也可以当是在吃桂花糕、桂花蜜、桂花羹、桂花糖，这个，也随便你了。你高兴怎么吃就怎么吃，不限量供应。

　　这厢吃着，那厢助兴的歌舞已起。栾树是最妖艳的舞女，缀着一头一身的华饰。"硕人其颀"。它就是《诗经》里的那个硕人啊。

　　木芙蓉是伴舞的小女娃子，扛着那么多的花苞苞，看样子还要热闹一阵子。

　　银杏在调试琴弦。在我看来，它是伟大的乐师。每一片金黄的叶子里，都藏着音符。风的手指轻轻一弹，便响彻四野。当然，你若不专心聆听，是听不到的。自然的秘密，都是藏而不露的。

　　虫子们的叫声，少了夏的激越铿锵，有了秋的悱恻缠绵。"怜深定是心肠小"呢。可不是么！一只小小虫子，它的心里，也住着一个秋的。

　　居然还听到一只蛙叫，在一条小河边。它是个贪玩的孩子么？是从哪里偷偷溜出来的呢？它知不知道秋快深了，天已近寒？真替它担心。然旋即，我又哑然失笑，大自然就是它的家，它在哪里，都应该是安全的。

　　草丛里，突然窜出一只小动物，田鼠，或是小松鼠，没看清。我吓了一跳，它也吓了一跳。在我愣神之际，它转身，迅速跑了。我站那儿默默微笑，望着它消失了的地方。希望再度相逢时，我们都没有惊慌，且能够友好地打声招呼。

那人在所里值班，吃到好吃的烧饼，又大又薄，烤得焦黄，上面撒满芝麻粒，馅里多葱。他吃到一半，想起，这是我最爱的味道。他停下不吃了，打包，速速给我送回来。

我正在水池边洗衣裳。我喜欢衣裳飘着洗衣粉的清香，他的，我的。我一边洗衣一边看楼下的树。雨后天晴，阳光成了碎银子，在每片叶子上闪亮。叶子真是漂亮，像花。栾树的果实，比花还漂亮，点了那么多盏红灯笼。天上的云厚厚的，又软又白，让我有欲躺上去的冲动。突然门响，听到他的声音：瞧，我给你带什么好东西了。

来呀，快来吃呀，还热乎着的。他说。

我自然高兴。虽是刚刚才吃过早饭，但还是坐到桌边，在他热切的注视下，吃去半只烧饼。

好吃吧？他盯着我问。

当然，好吃极了！我答。

他拍拍手，笑了，站起身，他很满意我这么快乐。我也笑了，我亦很满意他这么有成就感。婚姻多年，我们不再说情话，我们做着饮食男女，把幸福的碎屑，像粒粒烤熟的芝麻，撒满我们每一寸时光里。

他转身继续去值班，我转身继续洗我们的衣裳。

我爸

四日

　　我爸来。每隔一段日子，他会进城来转转，巡视一般的。这里多了幢建筑，那里新开辟了条路，他都关心得很。

　　他坐在我家沙发上，颇有幸福感地说，我有福啊，想去儿子家，就去儿子家，想到姑娘家来，就到姑娘家来，你们没有哪个嫌我是个老头子，都对我好着呢。

　　他的话，有讨好的成分。这让我很不安。什么时候，父母在子女跟前，就变得小心翼翼了？

　　我们聊天。他的话细碎如沙，一会儿是东家的鸡怎么怎么了，一会儿是西家的狗怎么怎么了。咦，那个陈凤你知道的？她摔死了。

　　我上次回家就听他说过了，二队的陈凤，早起被门槛磕了一下，摔地上就没能爬起来，70岁的生日还差两天的。

　　我当时听了，还很慨叹了一回，和他说起陈凤的一些陈年往事。我熟悉那个人，是因为她常到我家来，请教我爸庄稼上的事。我爸当时是农技员，对庄稼上的事，很有一套科学的说法。陈凤大脸盘，鲍牙，笑声咯嘣嘣的，钢子儿一般，能震落屋顶上的茅草。我们小孩子顶喜欢她来，因为她每回来，都不空着手，要么带小半篮子桃子呀，要么带小半篮子瓜什么的。

　　我妈也很喜欢她。每回见她，都拉着她的手亲热地叫，老妹子。

我妈很少待人这么亲热。

我说，爸，你上回不是说了么，陈凤摔死也好些天了。

我爸"哦"一声，神情恍恍的，他讷讷道，说了呀，我还以为你不知道呢。你说这人嘛，就是一口气的事，好死得很呐。

我不乐意听这样的话，我说，爸，好好的，说什么死啊活的，我们吃饭去吧。

我爸就有些讪讪的了。

饭店离我家不远，我们走着去。我已把脚步放慢到不能再慢，我爸还是跟不上。我回头，看到他似一坨草，慢吞吞努力前移。见我站着等他，他颇不好意思地笑，说，人老了，走不快了。

我的眼睛，有些湿了。我说不是的爸，是我走太快了。我牵着他的手，并排走。他的个子已远远不及我高了。

我那伟岸的爸，我那英俊潇洒的爸，我那要写一部自传的爸，我那把二胡拉得音符飞扬的爸，我那每年过年帮村里人写对联的爸。家家门上都贴着他写的对联啊，"瑞雪兆丰年，春光满人间"，——他喜欢这么写。

他老了，他再也写不了对联拉不了二胡了。

活着就是为了活着

五日

腿又受伤。从健身车上下来时，被飞转的轮子刮伤，皮肤上，立即现出五条鲜艳的红杠杠。没一会儿，就鼓起来，肿了。

也罢。又是要找借口劝我休息呢，我也只有听"它"的，这命运的霸道。

坐着，啥也不做，看窗台上两盆太阳花开。一盆黄，一盆玫红。开了好几个月了。它们真能开。

花开是为的什么呢？这个问题若抛给花们，花们一定要发笑，喊，花开就花开呗，是再自然不过的，花朵只在做花朵该做的事情。

我也就不再思考人活着是为了什么。活着就是为了活着呗，好好活着是人应该做的事呢。——深奥的问题变得这么浅显，这让我高兴。我便又想，我之遇小祸，是为了避开更大的祸呢。太幸运了！

外面能见度低。好久不见的霾，来了。但我知道，它不会待太久，或许明天，或许后天，也就走了。

我的腿伤，也很快会好起来。

六日

午后，起风了。

风真大，能把人吹到天上去。我推开窗，呼呼之声，立即灌了进来。如波涛汹涌。

眼睛被吹得纤尘皆无。不，不，应该是天空和大地被吹得纤尘皆无。天蓝透了。云白透了。那些云，忽疏忽密，忽聚忽散，随风摆弄出各种造型，是会七十二般变化的孙猴子。

地上的草木，无一不是干净的。合欢的使命已完成，最后的花朵，落了。栾树之美，成为这个时节最好的馈赠。

桂花的香气，乘风扶摇直上，抵达我的七楼。我在阳台上，闻见它的香。我走到客厅，闻见它的香。走到书房，闻见它的香。我去厨房，倒一杯水喝，水里面也浸着它的香。我看书，书上歇着它的香。我写字，手底下蹦着它的香。衣服上随便抖抖，就能抖落一堆的桂花香。

我想给一个人写信，我想这样写：你知道么，我们这里的桂花都开好了。

飘着桂花香的信，不用读，闻闻，也很美好。

七日

做了一个极不好的梦，是关于我妈的。

醒来，心口疼得慌。夜还深着，雨也不知从何时开始落的，在晾衣架上敲出很响的声音，嗒，嗒。每一声，都如小锤子在擂。

我在雨声里等天亮。

多年前，我也曾这么恐慌过。厨房里，一家人吃过晚饭了，奶奶在收拾碗筷。我在灯下忽然瞥见奶奶的满头银发，一股恐慌攥住了我，我想到奶奶会死，害怕得哭起来。家人都莫名其妙着，好好的，这丫头哭什么！为此，我还受了我妈好一顿数落。

人的一生，总是不断的送别中。从前的人，一个一个，慢慢地，走远了。我奶奶走了，我爷爷走了，我外公走了，我外婆走了。某一天，我也将和我爸我妈，在一个路口分别。他们远去的背影，我再也追不到。一想到这，疼痛难忍。

天好不容易亮了，我赶紧给老家打去电话。我爸接的，他刚醒，很惊讶，问，这么早，有什么事？是不是今天回家？

我忙问，妈呢？妈好吗？

我爸"哧"一声笑了，想你妈啦？你妈她好着呢，弄早饭去了。你找你妈什么事？我爸回过神来，觉得奇怪。

没啥，我只是想看看她好不好，眩晕病最近没犯吧？我故作轻松地问。

　　就听到我爸在电话里叫，惠芬你快来，二丫头不放心你，一大早给你打电话来了。妈的笑声随后响起来，她"梅"呀"梅"地叫着过来了。这叫声催出我的泪，妈还在，真好。

　　我决定回家一趟。要尽孝，在当下。当下拥有着，才是最真切的。

乡下的云

八日

在乡下，遇见了美丽的云。

田野的上空，那些云，好似白羊毛絮成的一件羊毛袄子，洁白松软得很。是要给田野披上么，还是给人家的房？人家的房上，真的蹲着一大堆云，像一群小羊上了屋顶。

又一波云涌过来，是甩着水袖的天女，它们长长的裙摆飘起来。裙摆上，兜着无数的白花朵。天女撒花了。一朵掉下来，变成稻穗。一朵掉下来，变成棉花。一朵掉下来，变成羊。一朵掉下来，变成茅花……

太阳变成了云朵们耍玩的一个球，被传到这个手上，被传到那个手上。太阳在云朵堆里，出出没没。每朵云的身上，都雕着好看的纹路。这样的纹路，我在乡下一些老家具上看到过。

又一波云从田野尽头，漫步而来，恰如一队白骆驼，气定神闲，风度翩翩。耳畔似有驼铃声传来，叮叮当当。

我妈去地里给我拔萝卜。我妈的肩头上，伏着两朵云。我妈不知道。我妈说，我种的萝卜，又大水分又多，比苹果好吃。

我说，哦。心里想，妈，你不知道呀，那是白云朵变的。这么一想，我笑起来。我妈也笑，她拔了半篮子白萝卜。想想，又拔了半篮子，说，吃不掉就给邻居们分一点。

我说，好的好的。我要把这白云朵变成的白萝卜，统统带回家。

岁月
静好

九日

　　去重庆。仿佛第一次发现，秋天的天空，有那么多的云。是成片的苇花，白而胖的苇花。秋天，万物都成熟到至臻状态，云也是如此。

　　只要你肯敞开胸襟，就能与云撞个满怀。

　　跟那人开玩笑，我说大自然这么慷慨，又热情大方，我只好笑纳它的好意。

　　是的，我接纳了满怀的云。

　　再长的旅程，因有这一天空云的照拂相随，不觉乏味。

　　在飞机上读书，宜读短小的诗与词。

　　今读羊士谔的。是第一次认真读他，感觉自己重新做回了小学生。

　　他的《寄裴校书》，在他众多的诗词里，算不得最出色的，我却喜欢得很：

　　登高何处见琼枝，白露黄花自绕篱。

　　惟有楼中好山色，稻畦残水入秋池。

　　这是一幅绚丽的画卷。登高望远，村庄田畴，尽收眼底。菊花上凝着白露，黄灿灿地绕着人家的篱笆。田野里的稻子熟了，秋池里涨满秋水，山色多么迷人，一切都在无声的交替中。我一会儿望望舷窗外的云，一会儿再来读读这首诗，我读出里面的岁月静好。

　　这首诗也最能体现他的文学主张："言以载事，而文以饰言。事信言文，乃能表见于世。"换成通俗的话讲，就是写作一要有好的语言，二要讲究真实性，这样才能见诸于世。

锦瑟

十日

许是因为晚上接待方太过热情，许是因为床"生"，我失眠了。

我听着窗外的雨，沙沙沙在走，如蚕食桑叶。我想着遥远的乡下，爸妈的秋蚕，此刻，也是这么吃着桑叶的吧。沙沙沙，沙沙沙，骤雨急敲，把一个村庄都敲醒了。

凌晨一点。凌晨两点。凌晨三点。我还是无法入眠。

索性不睡，爬起来看书。

一千多年前的李商隐，也是在这样的雨夜里，失眠的吧，他写下了那封著名的家书《夜雨寄北》。温情里，透出深深的惆怅，湿漉漉沉甸甸的，挤也挤不干，晒也晒不了：

君问归期未有期，巴山夜雨涨秋池。

何当共剪西窗烛，却话巴山夜雨时。

人生最恨离别，归期遥遥，能拿出来取暖的，只剩回忆了。从前多么好，你端庄娴淑，我才情四溢，夜晚闲话，共剪烛花。可是，一转身，都成过往。他生命中最亮的一抹光——他的妻子王晏媄，早早病逝。

快乐的日子，对于李商隐来说，只是烟花一刹那。他的一生，都与忧愁纠缠不清。祖上有过荣耀，到他这里，已渐凋零。年少时，失父，作为家中长子，一个家的重担，都担在肩上。幸好，他有才华扛着，得到贵人的赏识和相帮，他做了幕僚。然考运却不佳，接连失意，最后，还得贵人提携，他才中了进士。后党派纷争，他不幸被裹入"夹板"中，他的人生因此起伏不定，浮浮沉沉，最后，病死在故土。

他的诗，一部分咏古，一部分咏情，发幽幽古思。他的一首《锦瑟》，今人当谜一样来解读：

锦瑟无端五十弦，一弦一柱思华年。

庄生晓梦迷蝴蝶，望帝春心托杜鹃。

沧海月明珠有泪，蓝田日暖玉生烟。

此情可待成追忆，只是当时已惘然。

这似是而非的一首诗，有人解读为情诗。我却以为，他是写给自己的。彼时彼刻，他一地碎了的心，无处安放，他假托锦瑟之名，来祭奠他曾有过的静好时光，那短暂的，灿若烟花的人生。那许是在他童年时，父母双全，他懵懂无忧地跟在父亲后面读诗习文，天空明媚，门庭光明。谁知人生的弦，根本不经弹，弹着弹着，年华就凋落了。

用喜悦的眼睛看世界

十一日

　　来重庆两天了，一直下着雨，山城笼罩在厚厚的雨幕中。

　　却不觉得烦厌，反倒欢喜，雨雾中的山城，有蓬莱仙境之态。

　　踩着小雨点，去一个学校讲座。校园依山而建，植物多且茂盛。长长的花廊，三角梅一径垂挂下来，或红或黄，花枝招展，很是显目。黄桷树多巍峨，树树像巨伞，苍翠森然。桂花不知隐在哪棵树后，哪幢楼后，悄悄放着香。一两棵枫树和银杏，都是光华灼灼的，红是红得很彻底，黄是黄得很彻底。

　　讲座时，我自然把这些元素放进去了。我由衷赞叹，这是个多美的校园啊！由此说起重庆的美，我请孩子们现场描绘一下，重庆的秋天。

　　底下一片叽叽喳喳声。一孩子站起来说，我们重庆的秋天，也没什么的，最明显的就是总下雨，下得叫人发愁。底下的孩子，附和着笑起来，他们一指窗外，说，看哪，在下雨。

　　我笑了笑，又请另几个孩子谈谈。这几个孩子摸摸小脑袋，显得很为难，想了想，说，还是雨吧，总下雨。有时，雾也挺大的。

　　似乎重庆的秋天，不是雨，就是雾，无甚可爱处。

　　我说，可是，还有三角梅呢，还有桂花呢，还有枫叶红银杏黄呢。你们有没有发现，它们在雨中，色彩变得更炫丽呢。

　　我说，宝贝们，你若用喜悦的眼睛看世界，世界回报你的，才会是喜悦啊。

　　孩子们沉默了，继而掌声响起来。

鸡汤
米线

十二日

重庆还是雨，绵绵的。

在三峡广场闲逛，看行人来来往往。那些人也不打伞，任雨淋着，就那么闲庭阔步，似在自家庭院里。如此绵绵小雨，在他们，已是家常。

午餐时分，路边的小吃店都忙开了，人群被分散开来，如鱼，游进一家一家店里去。那里，纷纷端出各色米线、酸辣粉、焖锅饭和面条。

我谢绝了接待方安排好的饭局，一家店一家店比较过去。最后，我也如鱼一样的，游进一家米线店去，浓烈的麻辣味不由分说扑了过来。重庆人爱小面，也爱米线，几乎每一家面店里，都伴有米线。米线的浇头，离不开酸菜或辣子鸡。酸辣酸辣的口味，是很多重庆人的旧宠新欢。

店里小姑娘递上菜单，问，要不要辣？在无辣不欢的重庆，我很想辣一把。说出来的却是，不放辣，谢谢。

想起一笑话，一不吃辣的客人到重庆，每顿饭都无法下箸，最后她急了，跑到一家小吃店，要了一碗汤圆，再三叮嘱店老板，不放辣，不放辣。店老板白她一眼，道，汤圆没有辣的。最后，端上的汤圆的确不辣，可汤上却飘着一层辣油。

我的二两鸡汤米线很快端上来，虽没放辣，上面也有辣油汪着，香味直扑鼻孔，我吃得汗珠子直淌。周围人声嘈嘈切切热热火火，想到我也是这热火中的一个，重庆了一把。很开心。

棒棒军

十三日

在重庆，是无法辨清方向的，至少我是这样。根本分不清它的东西南北，房子建在地下是太正常的事。商场也多在地下。杨说，他书店的地下，还有五层的。我当即惊讶得说不出话来。这是住在山洞里啊！想想，重庆人也真够浪漫的，每日从山洞里出出进进，在山洞里上上下下，从一个山洞，钻到另一个山洞，不知过了几个山头了。人人都是山大王。

听到一个有趣的词，棒棒军。

杨说，这是他们重庆特有的，是指扛根棒子，专门帮人挑重物的那些人。从前，棒棒军特别多，在车站或码头，一呼啦一大群，人人手里一根棒子。

这是特定地形，催生出的特定的谋生手段。重庆城倚山势而建，上下坡多，车子到达不了的地方自然就多，这个时候，运送货物行李，只能靠人力。棒棒军应运而生。

杨说，你是没见识过，我们过去的客运站，路边上密密麻麻站着的，都是这些棒棒军，人人跟前都竖着一根棒子。只要有车靠站，也不等车停下来，他们一个个已扛起棒子飞跑起来，只见人头汹涌，棒子飞舞。可车子有惯性啊，要向前滑行好一会儿才能停下来，这群人为了抢到一单生意，就跟着车跑。一人一棒，那场景颇似大兵扛着枪，冲锋陷阵，声势太浩大了。他们笑称自己，棒棒军。

我一边听一边沉默地笑，我在那"浩大"里，看到生存的辛酸。却又不乏幽默的。苦中作乐，是人类一种了不起的智慧。

心若是
菩提

十四日

　　我读《离骚》，总要想到《静静的顿河》。我在很多场合，推荐读书时，提到《离骚》，必提到《静静的顿河》。

　　两个完全不相干的人，两个相隔几千年的人，却有着相同的内核，个人的命运，即是国家的命运。我促狭地想，屈原的"乘骐骥以驰骋兮，来吾道夫先路"这两句话，若让葛利高里当作口号来呼，一点也不违和。只不过葛利高里没这样的文采，也没这么高的觉悟。他是个被命运的大手推着走的青年，一个时期是茫然的盲目的。

　　读《离骚》时，背景音乐最好是用马头琴的。读《静静的顿河》时，背景音乐除了马头琴的，我也想不出有什么别的好配。

　　读《红楼梦》，里面的建筑最得我心的是芦雪庵："芦雪庵盖在傍山临水河滩之上，一带几间，茅檐土壁，槿篱竹牖。"植物的气息真满。茅草、木槿和竹子，又傍山临水，不知有多少野草野花环绕。它就是一幢植物的小宫殿。谁住在里面最合宜呢？让邢岫烟去住吧。她"是个钗荆裙布的女儿"，本分，自然，有植物的香气。真难得。

　　重庆多黄桷树，都是高大遒劲古意森森的。听说此树在寺届里多有栽植，人称"菩提树"。佛家参悟，多以此为偈：

　　心是菩提树，身为明镜台。

　　明镜本清净，何处染尘埃！

　　佛家讲究意念至上，心若是菩提，哪里有尘！只是俗世的男女，却不去管这个，他们爱着它五月里开花，一直开到九月。花如白玉兰，香得很。重庆女子爱把它别在衣上。香随人动，别有一番深情。

武隆
的山

十五日

　　武隆,被誉为世界喀斯特生态博物馆,一个多奇山奇水奇洞奇坑奇缝之地。

　　小雨。山间多雾,飘忽不定。山峦如一只只大青螺,在雾里忽隐忽现。

　　看天坑。坑是天然的大坑,四周群山环绕。一个大大的坑,就那么凹陷下去,神奇得很。又仰观三座天然的"石桥"。巨石横亘于山峰之间,如桥,下临峡谷。因各自的形状,人给它们命名,一曰"黑龙桥"。一曰"天龙桥"。一曰"青龙桥"。自然的杰作,非能工巧匠能够。

　　看完坑后,去看地缝。

　　去地缝,全是往下走,曲曲折折,有不知楼阁几万重之感。不时见着小瀑布,从悬崖上跌落下来,在峡谷底部,汇成潭。潭水醇厚碧绿,跟果冻似的。小孩子见了怕是顶喜欢,会不会伸手捞来吃呢?

　　龙峡山地缝。一条巨大的裂缝,如刀劈斧削,从山顶,一直下到谷底。谷底,深不见底。看了,惊叹一回,也没有别的好说。更多的水飞溅下来,下到谷底去了。

　　山上有花,这是最让我称心如意的。花白,花紫,形似扁豆花。它们盘踞在一块岩石上。问同行的老杨,这什么花呢?老杨仔细看了看,说,野藤花吧。我"扑哧"笑了,有这种花?后想想,也对,生在山野,有藤有花,叫它"野藤花",也是贴切了。

　　认识了一种小果子，叫"沙棘"。当地人称"救命果"。药用价值极高。树上结得多多的，红得晶莹，煞是好看。摘一个吃，涩嘴。

　　一对老人，走在人群的最后面，他们一边观景，一边拍照。不时发出惊呼声，美啊。大江南北，他们去过很多地方。武隆这个地方，是他们第三次来。为什么来呢，就是喜欢啊，喜欢这里的山，这里的水。趁我们还走得动的时候，多走走。他们笑着说。

　　我很想将来能像他们一样。

十六日

路过芙蓉江。

山脚下，一条镶满蓝玉的带子，飘飘拂拂而来，又飘飘拂拂而去，心上不知装了多少的蓝天和青山。

青山？真青啊，一直都是云雾缭绕的。让人想着"烟中列岫青无数"，又或"江上数青峰"，又或"青山隐隐水迢迢"。

路边停下来，观江。江水绿如蓝。果真是绿如蓝的，蓝得如泼了一江的蓝颜料。

蝴蝶乱飞。大蝴蝶，小蝴蝶，蓝颜色的，黄颜色的，像飞翔的花朵。有蝴蝶伏到一截木头上吮吸，似乎那木头上有香，有甜。我伸手轻轻碰碰它，它不为所动。它的一门心思，沉浸在那木头香里。

芙蓉洞。天然的一岩石溶洞。里面生活着一群一群的石头，过着石头的烟火日子。亿万年。大人，小孩，男人，女人，又瑶台亭阁，树木花草，飞禽走兽，一样不缺。我们都说石头是冷的，岂知它内里的热，远比我们人类要炽烈得多。美国诗人西米克，算是给石头翻了个身：

当两块石头擦身而过

我看见火花飞溅

或许它内部压根就不是黑暗

或许有一颗月亮从某处

照亮，犹如在一座小山后面——

恰好有足够的光可以辨认

这些陌生的文字，这些星星的图表

在那内部的墙上

石头的内部当然不是黑暗，有月亮，有山脉蜿蜒，有生生世世。

坐在芙蓉江边吃石锅鱼。窗外就是芙蓉江，江水在这里拐了个弯，仍是蓝绿如玉。

对岸人家的房，如白色的棋子，散落在江边。房背后是山，山上种苞谷也种花生。江里多鱼。家家小吃店里，鱼都是主打菜，豆腐鱼、肥肠鱼，上面泊着厚厚一层辣油。这吃法火辣辣的，像川人的性格。

两地

十七日

乘飞机时，我会留充足的时间，在候机厅里逛逛。

看众生相，是极有意思的事。有人闭目养神。有人傻傻呆坐。有人低头玩手机。有人在看电影。有人不停吃着零食，嘴巴子鼓鼓的。有人戴着耳机，旁若无人哼唱着。

我希望看到有人在看书，那姿态一定高雅得很。找半天，没有。我掏出一本书，林海音的《两地》。我成了一道风景。

《两地》写的是老北京和台湾的事。写台湾的，多以吃和玩为主。写北京的，是以儿时的经历为主。一个小女孩的经历。世界有那么多的事情在发生，丑陋的，混杂的，扭曲的，亦都激发起她的好奇心。多多的趣味，不知害怕。有淡淡的茉莉花的香。

晚八点，回到我的城，重庆又远在千山万水外了。

一个大月亮在云里穿行。喜，仰望许久。在重庆多日，都阴且雨着。又太多高楼大厦挡着，又地洞里钻着，不见天日。这一下子见到高远的天，很有些不适应了。

云朵身轻如羽，月色撩人。桂花满世界窜着门儿，携带着香气，一笼一笼地洒，毫不珍惜。栾树都盖着红盖头了，做着新嫁娘，等着谁去揭它的盖头。秋未央。想着我还有半个秋可倚的，就满足得不行了。

尘世之香

十八日

　　此刻，我坐在大自然的怀抱中。我的身后是一排海棠。海棠的后边，长着石榴和栾树，旁边还有几棵木槿。再往后走，就是一条河了，河边的木芙蓉还在开花。

　　虫子的叫声，唧唧的。在树木纵深处。桂花的香气，浮游在空中。不知从哪家院子里飘出来的。谁比得过桂花慷慨？谁也比不过的，它无私得很，不藏点滴，一家开花百家香。

　　下午去了趟学校，在校园里走，满校园都是桂花香。醇厚得叫人把持不住。我到底还是采了一小把，装在口袋里。手插在口袋里，不时碰碰那些香。手指上沾着的香，好长时间都不会掉落。

　　在街上走，也是处处都荡着桂花香。街角处的修车人，不紧不慢地在给一辆自行车换轮胎。卖煎饼的女人，又摆好她的小摊子，现做现卖。矮个子的男人，又开着他的三轮车出来了，三轮车上，装着做好的卤菜。有铁板竖着，上面招牌：何记卤菜。小妈妈牵着她的小娃娃，走在林荫道上，一边走一边对话。小娃娃还不大会说话，只啊啊，哦哦，像小猫打呼噜，他小手臂挥着，表示高兴呢。小妈妈应和着他的"话"，跟着他啊啊，哦哦。他们，都泡在桂花香里，无一不是甜蜜的。

　　我买了煎饼，也买了点卤菜。我实在拒绝不了这尘世之香。

　　月亮升起来了，我的膝盖上，栖落着露珠。我沾一点露珠，用舌尖尝了一尝。露珠也是香的。

蕊珠

十九日

　　查字典时，顺便在桌旁的收纳箱里，抽出一本本子来，打算记上所查之字。翻开本子，意外看到不知哪天随手写下的一个故事开头，大约那时是想把它写成个短篇小说的，后来却搁下了。现录之，备存着吧，或许哪天我就把它写成了呢。

　　蕊珠每年四月里都会犯病，病来得蹊跷，一夜睡醒，浑身滚烫，头晕目眩，来势凶猛。这状况，持续了五年，从27岁，到32岁，身子骨越来越不行了。

　　求医问症，找不出病根。

　　父母的意思，是缺个人。

　　父母心里明白，蕊珠是放不下一个人。27岁那年，蕊珠的未婚夫夏大明，来赴蕊珠的婚约，蕊珠穿着洁白的婚纱，幸福满满地在一片桃园里等。四月的桃花灼灼，蕊珠的脸上，也开着两朵桃花。

　　然而，蕊珠等来的，却是夏大明的爽约。夏大明在飞奔她的途中，消失了，彻彻底底消失了。那一天的阳光，如桃花般地开着，真是灿烂。

　　从此，蕊珠见不得桃花。一见，就流眼泪。

　　蕊珠美，长颈，大眼，身材窈窕。夏大明之后，不乏追求之人。蕊珠都一副冷冰冰的样子，像个冰雕出来的美人。父母急，托人介绍青年才俊与她相识，别人扛着一副热脸来，却碰上了她的冷面孔，再火热的心，也慢慢冷了去。何况，她还有病，身子骨越来越差了，瘦得像个玻璃人儿。

父母搬来和她同住，饮食起居，一一细心照料。然一到四月里，她还是犯了病。这次犯病，比往日更甚，早晨父母来叫她起床，看她浑身湿透，如同在水里面泡过一样，人迷迷糊糊着，已处于半昏迷状态。

居容川是刚刚从国外留学归来的医学博士。他接待的第一个病人，是蕊珠。

这个时候，蕊珠已在医院住了半个月的院了，父母一直陪护着。一天，父母在走廊里听几个医生闲聊，说到刚回来的医学博士，说才识如何了得，国外高薪留他，他却回国了。父母起初也只是随便听听，待无意中看到这个医学博士的照片时，大吃一惊，心慌慌地跳，天，这个人，不是蕊珠消失的未婚夫夏大明么！他们定定神，再细看，这才看出差别来，夏大明下巴有颗痣。记得蕊珠第一次带夏大明见他们时，他们第一眼看到的，就是夏大明脸上的那颗痣，不偏不歪，正嵌在下巴最中间处。是颗福痣，他们暗暗欢喜。这个医学博士下巴上却没有痣。且这个医学博士看上去，比夏大明似乎要年长一些。

　　父母想尽办法，托了不少关系，这才让蕊珠挂上了居容川的专家号，且是第一号。父母的用意他们自己也说不清，换个国外留学归来的医生，或许这医生真的医术高明，能找出蕊珠的病根呢。又他长得太像夏大明了，蕊珠定不会反感，会配合着治病，那病，就肯定好得快了。再往更深处想，他们也不大敢想了。接下来要走的路，谁知道呢！

　　蕊珠起初也没注意看居容川。虽然，她的眼睛也在看着居容川，但他并未真正进入她的眼睛中。自从夏大明消失之后，蕊珠看谁都心不在焉了，她能做到眼睛在看，然眼中无物。父母在一边介绍着她的病情时，她一句话也没说，脸上一副淡淡的表情。居容川立即在心里得出结论，这姑娘心理上的病，比身体上的病更甚。

　　也难怪他有这个直觉。他曾主攻过心理学。他觉得，做一个合格的医生，须读得懂病人的心理才是。救人，有时要先救心。心是灵魂寄居的地方，一个人灵魂丢了，身体会跟着垮掉。好多病人不是死于身体有病，而是死于心的丢失。

腌咸菜

二十日

听说要来台风。天空阴着,偶尔洒下一两滴雨,很有些试探性的意思。不冷。虽已过了寒露。

我抱出一个小坛子, 开始腌咸菜。

这活计没特意学过, 也不用学。从前的生活经历, 早已教会了我。

那时, 哪家没有几个肚大腰圆的咸菜缸啊, 往墙边上挨个摆着, 又慈祥又敦厚。一日三餐, 咸菜是必不可少的。吃粥就咸菜, 那是不必说的。咸菜也可以再做成各种菜肴。咸菜豆腐汤是可以喝上一个冬天的。咸菜炖咸肉, 里面的咸菜比肉好吃。冬天, 拿咸菜烧小鱼, 汤水放得多多的, 冻成鱼冻, 我们抢着吃。吃面条时, 若有一碟咸菜炒肉丝佐着, 能多吃上两碗。过年时, 蒸包子, 必有咸菜包子。包饺子, 也会包咸菜饺子。

我们去念书, 住宿。每个星期回家取干粮, 咸菜是必带上几罐的, 吃饭喝粥, 当菜。穷学生平时也没什么可吃的, 咸菜家里还是可供应的。我奶奶疼我, 在炒咸菜时, 油多放点, 还加了嫩黄豆米在里面, 那个好吃啊, 空口也能吃下很多。这咸菜带去学校, 往往撑不了一个星期, 就吃完了。剩下的几天, 就苦巴巴地盼着星期天, 回家再取些咸菜来。

几年前, 我的高中同学遇到我, 那个曾经瘦得如豆芽菜的男生, 已壮硕得像头牛了。他说, 我那时还偷过你放在课桌肚里的咸菜吃。我恍然大悟, 我说怪不得我的咸菜吃得那么快, 两天工夫就没了。我们一时都笑了，那个年代，我们都做过这样的事啊，偷同学的咸菜吃。

　　腌咸菜的原料，以青菜为主，也有雪里蕻，也有黄花菜，也腌萝卜。这些菜蔬统统洗净了，在竹席上晾干。屋子里的腌菜缸已摆上。腌菜缸真是巨大，能装得下我们几个孩子。我爸我妈我奶奶都来做这活，我妈我奶奶负责把晾干的菜，一层一层用盐码在大缸里。我爸洗干净脚，卷起裤腿，进到缸里去，踩在那一层一层码好的菜上，直踩得出了卤。

　　我也只腌着一小坛，留着冬天烧烧豆腐汤。当我的咸菜豆腐汤烧好的时候，如果刚好外面下起雪，就与我的童年，相差无几了。

缘分

二十一日

看完毛姆的《月亮和六便士》。

低下头是六便士，活的是尘世，一饭一食，无数的欲望相互纠缠。抬头是月亮，逍遥遁世，只活着自我，非常人能攀。可惜，月亮里住着一个魔鬼。若我选择，我情愿要六便士，也不要月亮。

翻出大福送我的一只青花瓷碟子。这只碟子看不出年代，或许是明清时期的，或许是民国时期的。大福送我这个碟子，也没问过我想不想要。他自作主张给我带来，我一度不晓得拿它做什么用。

现在我翻出它来，仔细打量。它挺好看的，碟中间盘踞一朵蓝色大花，四周围环绕着些小花。我辨认半天，确信，那是葵花。以葵花入瓷器，这很少见。我不由得对着它想，它历经过多少主人了呢？那又是些什么人？他们在这只碟子里装过什么？它摆在茶红的桌子上，抑或是，搁在哪个妇人的床头柜上。手执诗书的女子，或是儒雅的男人，他们身侧的矮几上，搁着这只碟子，里面装着糖果，他们一边读书，一边拣起碟子里的糖果吃。这是悠闲的好时光。窗外最好有树，桂花或梅花，都很配。

我这么痴想了一回，在里面装上马奶葡萄。这葡萄又来自于谁家庭院，出自于哪双采摘的手？不得而知。许多的事物，就这么很奇妙地相遇到一起，哪怕隔着万水千山的时光长河。到该遇见的时候，必然遇见。能解释的，只有"缘分"二字。有缘的，总会相见的。无缘的，纵使咫尺应不识。

　　看到一句好诗：薄嘴唇的风。再不要多了，只收下这一句，今天也算有所得了。

一拍即合

二 十 二 日

午后的雨，有些慵懒了。

我也慵懒了。

搁下正看的书，对那人说，不如，我们看电影去，然后，就在外面吃饭？

那人的眼睛大放光芒。好啊！他叫道。我们一拍即合。这点好，我们总是能够一拍即合。我以为这是婚姻的最佳模式。

我们手牵手，漫步雨中，假装正约会，假装正恋爱。桂花被雨打落不少。栾树的潮红，渐渐消退。然在我们眼里，花还是香的，树还是华丽的。心中有美好，也才看到美好吧。

我们先去影院的售票处，看有什么电影，逮到哪部看哪部。售票的小姑娘说，下午最靠近的场次只有两部，一部动画片，一部《惊天破》。那人看着我，让我选，我是喜欢童趣一些的，但我知他喜欢侦破和武打类的，故而说，看《惊天破》吧。

离电影开场还有半小时，买一份爆米花，买一份炒酸奶，在一张小桌旁，相对坐着，边吃边等，我读一些诗，读到"故人隔秋水，一望一回颦。南山北山路，载花如行云"，我大叹一声，好啊。

那人探头过来，微笑，问，怎么个好法？

我回，啊，我想跟你隔着秋水呢，美丽的哀愁。那人塞我一粒爆米花，说，得了，还是隔着一粒爆米花的距离吧，这样，还有个人陪你看电影。

冷风吹着冷

二十三日

霜降，天冷。仿佛是一下子冷起来的。其实并非，它也是一步一步，把秋走深的。

出门散步。好久没去体育场了，一路走过去。拐角处的桃树，不见了。春天，它曾举着一树的桃粉，巧笑倩兮。我的目光，不知在它身上逗留了多少回。也曾采得一枝，插在家里一只长颈的蓝瓶子里。一壶春水漫桃花。

它豢养了一些好时光送给我。现在，它不知被移植到何方。一棵树，由不得它自己的意志生长，树怕也是很悲伤的。但愿它会被新的地方善待。

银杏、紫荆、玉兰、木芙蓉、月季花、垂丝海棠，我一路把它们认过去。它们都还在老地方，这很好。

浮云遮住了天。应该有月亮吧？冷风吹着冷。桥头，卖水果的拖车上，电喇叭的声音很响："橘子十块钱三斤，苹果十块钱四斤，香蕉十块钱五斤，不甜不要钱咦。"女声，沙哑的。不用看我就知道，伴着声音的，是一拖车的橘子、苹果和香蕉，伴着这些水果站着的，是一个女人，矮矮的，皮肤粗糙黝黑，顶着一头碎发，看不出年龄，或许四十，或许五十。我晚下班回家，路过这里，总能遇见她。

我站在黑暗的风里，听这熟悉的叫卖声，不知怎的，湿了眼睛。

有人停下来，挑拣水果，我很替那个女人高兴。我想有多多的人来买她的水果。

失之东隅，
收之桑榆

二十四日

年岁越长，越爱往那幽深的寂静里去。大浪淘尽，平铺的无垠，才是生命本来的样子。雨也总是不紧不慢下着。这个秋天，多雨。江南，江北，都是。

秋雨愁人。也真是愁人。我爸跟我通电话，话语里，都是雨。今年的收成不好，水稻全烂在地里，收不上来，我爸说。

安慰他，不好就不好吧，现在一两年歉收，也没关系的，饭总是有得吃的。

那是。我爸笑，笑得有些涩。——他还是心疼了。

我也心疼，心疼他和我妈的付出。多少的汗水，才能浇灌出一田的水稻啊！蔬菜倒是灌足雨水，长得茂密。我爸说，你要吃青菜不？要吃萝卜不？家里多多的。

好，失之东隅，收之桑榆。生活一直都处在辩证法里，哭的背面是笑，阴雨的背后是阳光。不绝望。

卖草鸡蛋的女人，又来了。我没见过她的人。但她的声音，却渗透进我一些寻常的日子里。我在我的小屋，正看着书，或正写着什么，或正洗着碗，或正叠着衣裳，那声音骤然间响起，有点沙哑，像水磨砂布刮擦着某些器物。从小区的某一处，环绕到另一处。

　　卖草鸡蛋哎，草鸡蛋卖哎——她这么叫着，声音里，有活生生的生动。我侧耳听着，很欢喜，还带着点激动。

　　一些声音、气息会构成你生活的磁场和氛围，它们在，你才得以心安。因为不曾失去，因为不曾走远。

天空酷似一只蓝玻璃碗

二十五日

出太阳了！

我跑去窗口看天。天上印着蓝和白。我想起吃的来，在蓝玻璃碗里，搅拌白花花的豆腐花。整个天空，真的酷似一只蓝玻璃碗。

树木看过去很亮丽。被雨水长时间灌洗着，它们都异常干净。每片叶子都能当镜子使，让太阳尽情照照自己的样子。每片叶子里，也都住着一个小太阳，亮闪闪的，富丽堂皇。

楼下人家晒了一绳的衣物。我也赶紧把衣服挂出去晒，又捧了床上的被子晒。

在纸上给自己列了一些规矩，希望自己能遵守：

一、早起。不熬夜。

二、每天看微信不超过五分钟。

三、信箱里的来邮，在当天处理完毕。

四、每天必看四小时的书。背宋词一首。抄诗歌一则。

五、少吃零食多喝水，多吃水果。

六、每天必散步两小时。看花，看草，看树，看河流，看天空，看来往的人。

静水流深

二十六日

　　之一，人生的最高境界是"自在"二字。我以为这个自在是，自由的时间、自由的空间、自由的悲喜、不受打扰的宁静。

　　之二，听巫娜的《静水流深》。起初是一边看书一边听，然听着听着，出神了。仿佛进入某一峡谷深处，灵魂脱离身体而去。它是赤脚奔跑的小娃娃。它是枝头蹦跳的小鸟。它是一只小熊，一只小獾，一只憨憨的小旱獭。它有它的音乐弹唱，叶子做成笛，花瓣做成瑟，吹之奏之。

　　白云朵来呀。

　　南风来呀。

　　花香来呀。

　　流水来呀。

　　我们本就相亲相爱，我就是你，你就是我。唱吧唱吧，累了就相偎而眠。每一块开满野花的石头，都是最好的温床。

　　月亮升起来了。月光爬上眼帘。世界静止成一幅画。

　　之三，绣了会儿十字绣。看一朵花，慢慢在我手底下开了。一片叶子，慢慢在我手底下绿了。

　　背秦观的词，——曲终人不见，江山数峰青。我只觉得故事没完，一个人还在傻傻望着，傻傻等着，也许，又一曲会弹响。也许，一回头，他等的，就在他身后。

苏州
小景

二十七日

雨在我的小城下得很猛烈，大步流星般的。到苏州，已变成细细碎碎，是昔日女子的莲步轻移，很江南。又似吴侬软语，带着柔情蜜意。

烟雨是极配苏州这粉墙黛瓦的。细瓦之上，有绒绒的小绿，沾着雨水的小绿，似瓦的眉睫。每一片小瓦，都如房子的眼睛。眨巴眨巴，那真是相当好看。

我在这样的瓦片之下，透过一扇木格小窗，望另一些小瓦的房。这是老式居民区，人家在房旁植了几杆翠竹，又植了一蓬丝瓜。丝瓜的藤蔓从一户人家，爬去另一户人家，上面簪满黄花朵，朵朵都是相亲相爱的模样。生活的日常就是这样的，丝丝缕缕缠绕在一起，你中有我，我中有你。

一个男人在二楼的窗口雕刻着什么。隔着距离，看不清那是什么。他的手旁边，有一盆吊兰，枝叶垂到了窗子外。

楼下有人走过。雨在轻轻下，不惊不扰。

他们的身上，
都有我的影子

二十八日

　　早上，我坐在一家早餐店里，我的面前搁着一碗桂花紫薯粥，和一只素菜包子。我一边慢慢吃着，一边看从门口进来的人。一对情侣是十指相扣进来的，男孩子帅气，女孩子清瘦，很般配。进来后，女孩子坐桌前等，男孩子去点餐。这是恋爱的模样，而且正热恋。

　　又进来一家三口，男人，女人，小小孩。小小孩两三岁，被女人抱在怀里。进来后，男人陪小小孩玩，女人去点餐。小小孩很调皮，在店内跑。女人回头，皱着眉头大着声关照男人，看紧了，别让他摔了！男人答应，晓得的。我笑了，这是典型的婚姻家庭，不再是柔情似水小心翼翼，却有着醇厚的朴实动人，我们不用太客气啦，我们是家人。

　　又进来一单身旅人。拖着行李箱，他径直走到吧台那儿点餐，包子，粥，油条，迅速报完，找了个位子坐下。手机响，他回，我刚起，正吃早饭呢，午后就能到家。

　　他们的身上，都有我的影子。

山是烟波横

二十九日

　　临时起意去婺源，是因突然间看到几张婺源的秋的图片，那团团的斑斓，实在勾人魂。

　　从苏州不返家了，直接往婺源去。所带衣物不够也无妨，将就着穿吧。昔日隐士归隐山林，天当屋，地当床的，我且也回归一次自然。

　　途经浙江、安徽，在安徽境内由于走错方向，误入大山深处。也没有惧怕，也没有顿足着急，世上再远的距离，也有路能到达。静下心来，走着就是。沿途的风景，如额外馈赠。

　　"山是烟波横"。山果真似横卧的烟波，一座，又一座。山脚下有人家，白粉墙上，趴一些黄艳的丝瓜花。鸡一群，在草丛里觅食。我恨不得跳下车去，问候一下那些花朵、那些鸡。尘世生命，各有各的欢喜幸福，而活着的场景，又是多么相似。我总会因这样的相似，而跌入无边的感动里。

　　下午三四点，到达婺源篁岭村。

　　游人不多，家家客栈都空着。价格极便宜，100元住一晚。几经比较，选了山脚下的暖阳客栈。喜欢这温暖的名字：暖阳。客栈的姑娘也长得颇似一轮暖阳，少见的温婉谦和。

　　小楼共四层。生活区在二层，有厨房、餐厅、客厅。客厅里坐着几个人在聊天，看上去像是这家的亲戚。有人在厨房里做饭，搬上餐桌的是一大盆凉拌野菜，言说，采的山上的。原来，她亦是游客。门口有大大的露台，站上面可观不远处的山脉蜿蜒，房舍布列其中。

三层四层是客房。房间很宽敞很明亮。白墙上有涂鸦，看似随意，实则颇费匠心。

时候尚早，去山里转转。走时跟小姑娘说好，会回她的客栈吃饭。有鸡在厨房门口探头探脑。那人要吃这只鸡。小姑娘说，好，可以现杀。我拦下了，这么活泼的一只鸡，将成为我们的口中食，我有点不忍。我们点了烧小鱼、竹笋炒腊肉、韭菜炒鸡蛋，小姑娘跟我们约定，一个小时后回来吃饭。

转去屋后，找到山民上山下山的小径。石块不规则地铺着，我们上山。才走几步，遇到一山民，是看山的。看山的小房子搭在小径旁，屋内窄小，仅容一人转身。

山民很健谈。他说旅游是这几年才开发的，从前他们都住在山上，靠种地生活。山上长油菜也长山茶油树。春天，油菜开黄花，秋天，山茶油树开白花。你脚下的路，有上千年的历史呢，我们村里人祖祖辈辈，都是从这里下山上山的。

我们这里好啊，夏天不怎么热，冬天不怎么冷，还有茶油吃，纯天然的，不打农药。你们要不要带点茶油回去？我家里有，我自己种的。

　　他说话间，一山民背着沉甸甸的袋子，自山上下来。他们用当地话热烈交谈了几句，他转头告诉我，这是我舅舅，袋子里装的就是山茶油果。

　　见识到他说的山茶油树，开着满树的白花。还见到一种也可榨油的树，乌桕树。紫色的小花开在石径旁，马兰头举着一簇簇白色小花，如戴着花冠。我问他，是喜欢在山上生活，还是山下呢？他说，山上有山上的好，山下有山下的好。眼睛却看着山上，在绿树掩映里，那些房舍，曾是他们祖祖辈辈生活着的家。

　　天色渐暗，我们下山，他也下山。他在山下拥有一幢小楼。全是木头建的呢。他很骄傲地告诉我们。

　　我们跟他告别，从他的木头楼房前走过，回到入住的地方。桌上的饭菜正热着，在等我们归。

晒秋

三十日

篁岭的夜晚和清晨，都是静的，几乎不闻任何声响。

清晨，站客栈露台，往对面看，房屋沐在薄薄的雾中。山峦是蓝紫的，像宣纸上的水彩洇开来。楼下是一小块地，里面种着菜蔬。有妇人带两个小女孩，坐在一堵矮墙旁，矮墙上搁着一些盆子，里面长着葱，她们热烈地说着话儿，像早起的鸟儿似的。

早饭，面条荷包蛋。

坐缆车上山。山上别是一个世界。层层梯田如棋盘似的，精致精巧。秋未深透，油菜已种下，绿绿的。山茶开白花，间或一棵两棵，开得满满的。马兰头和紫色小野菊最勤快，到处都晃动着它们活泼的影子。所遇香樟和糙叶树，都很有年岁。它们活过几生几世，又几生几世，见证了多少斗转星移物是人非。

山上一个村庄，是从前的人生。房屋顺着山体层层上去，一幢挨一幢，都有高高的马头墙。从前这里人家住着，而今，这些人家都搬去山下。这里成了农耕文明的一个博物馆。原先人家的房，做了客栈和店铺。

晒秋是篁岭的一大特色，来此，自然是要看晒秋的。人家的房前，都有长长的木棍伸出去，排成一排，那是为晒秋而备的。秋天果实累累，柿子、辣椒、玉米、稻谷、茶油果子，都要晾晒。用匾子装着，搁在那些木棍上，或搁在屋顶的平台上。从高处俯瞰下来，这些红红黄黄的晒物，就成了惊心夺目的景致，映衬着粉墙黛瓦马头墙，别是一番动人。菊花也摘来晾晒，一匾子一匾子的柔黄，夺人眼球。有游客看着那房屋顶上的斑斓，不自觉大叫一声，没得命了。她是实在找不到词来形容眼前之美之壮观。没有人觉得她鼓噪和夸张，都发出会心一笑，她委实说出了大家的心声，的确是美得让人丢了性命。

梯田也是一大特色。稻子收了，油菜种下了。如绿的细浪，一波一波，荡出优美的纹路。真是佩服那些勤劳的手，在山坡上，一锄一铲，绣出这等图画来。顺着梯田，走了一圈。蓼蓝、马兰花、野葵，快快乐乐地开着。当地人在卖山上的野果子——乌梅，竹篮子里，紫乌透亮的乌梅，像一堆黑眼睛。还卖野蘑菇和野山菌。

我多想做个当地人，就坐在那里，卖卖乌梅。不卖乌梅的时候，我就做一朵山上的野花，马兰花或野葵，一边听山风吹，一边唱着歌等着蝴蝶来。

或者，我就做那只斑斓的蝴蝶，从一棵茶油树上，飞到另一棵上，在每一朵白茶花里，都停上一停。

那些茶油，会香了谁的舌尖？

野蒜花
漫山遍野

三十一日

　　婺源的早晨，下着小雨。许多的店铺，都未开门。我和那人去寻早饭，找了一大圈，才看到一家卖狗不理包子的，客不多，但店里的三四个服务员，已忙得人仰马翻。

　　要一碗豆浆，豆沙包和狗不理包子各一只。站旁边候半天，才轮上。地上扔着面纸，桌上也不甚干净，然似乎没人介意这个。大家都极其安然地吃着自己的早餐。

　　到长溪。大山里头。一个因秋天的枫叶，而渐渐被世人知道的小村子。

　　山路有千百道弯，把我们弯进了村庄。白墙黛瓦，一幢幢，有溪流穿村而过。因其长，才叫"长溪"的吧。

　　外人进来，村民也只是抬头看看，随便你村里头瞎溜达。上午十点，村小学正在上课，孩子们在齐声诵读着课文。我趴在院墙外听了会儿，突然很喜欢这里，决定住下。

　　阿兰人家。主人是个戴姓男子，有两个孩子，大的在念高中，小的上幼儿园。他领我们进山，遗憾地说，枫叶还没红呢。若是你们晚来半个月，霜打之后，满山的红叶，几乎在一夜之间全红了，那时，好看得很，到处都是游人。

　　不是没有遗憾，我本是冲着红叶来的。然又不特别遗憾，大自然每时每刻，都有惊喜在，只要你肯缓缓走近，慢慢体味。

　　山中雨，说来便来。山峦如同大馒头，被蒸熟了，热气腾腾。当地人种的茶树，有些还在开花，花形似山茶花，想来它们本属一系，有亲戚关系，一个泡茶，一个榨油。戴先生说，这茶花也能吃的，有点甜。

山上野果子多，他努力想采摘挂在高处长藤上的金黄的野果子给我吃，他说特别好吃。他们小时候在山上就采着吃。

又在他示范下尝了一种类似野草莓的果子，有点酸。也尝了苦槠树上的果子，酷似榛子。他说他们当地人捡了这果子回去做豆腐吃。他小时候常吃这种果子肉做的豆腐，清火纳凉。

野蒜漫山遍野。开的花秀气得很，淡淡的紫，一簇簇，聚拢在一起。这些山该取名为"野蒜山"才是。

遇到一当地妇人，篮子里就搁着一把野蒜，青绿的一蓬蓬，在篮子里颤颤巍巍的。回家炒鸡蛋和炖咸肉，都是很入味的，戴先生说。

一棵高大的枫树，树干全蚀空了，然枝叶还婆娑着。戴先生说，它老了，没办法了。语气很伤感。这几百年的枫树，曾艳红过多少的秋啊！

落叶铺得厚厚的，走上去，柔软。就这样走下去，走下去，一直走到一个叫曹家村的小村落。吓一跳，我不当它是现代，我以为走进了远古。村子里通电通水才是近两年的事，黄泥黄瓦房，屋顶被炊烟熏得黑黑的。十多户人家，延续着从前的岁月。我从村头跑到村尾，花去三分钟。有妇人站屋角看我，我走到哪里，她的目光追到哪里。有鸡在门前台阶上啄食着青菜。

只有放下一些，才能拥有另一些。放下怨恨，会拥有轻松；放下对名利的追逐，会拥有身心的自由；放下斤斤计较，会变得善良慈悲，有颗柔软心，看到这个世界的美好。

十一月

November

每 一 个 四 季 ，

都 是 自 己 的

人 生

每一个四季，都是自己的人生

我吹过四月的风，我淋过十月的雨，这人生，算得是圆满了。

长溪的早晨

一日

晨起，鸟叫声清灵，薄雾在山顶起舞，空气清澈。

上山看日出。太阳在山的后头。它爬山比人容易得多，它一跃而起，就到了山顶。天空湛蓝，山的影子，投在那些黛瓦粉墙上，像浮雕。

山上植物多，上面缀满露珠，这是上帝打赏给它们的碎银子。相遇到一块棉花地，棉果已绽开了。我不以为它是果，我当它是花。棉花是开两次花的，第一次是少女花，有白有红，模样像极了木槿。第二次是成熟的女人花，也就是棉果开的花。扯下来，可直接做件棉袄穿。

墓碑林立山上。村里死一个人，山上就多一个碑。见之不害怕。它们，已深深融入这大山里，生于斯，长于斯，故于斯。大山是他们永久的温床。

又去村子里转了转。溪水里游着几只白鹅。鸭子们在岸上做着下水的准备工作，嘎嘎嘎地乱喊口号。有妇人弯腰在溪水边汰衣裳。两只肥肥的鸡，在一临水的高台子上啄食，啄几下，抬头，眯着眼做陶醉状，复又低头啄食。有村人刚从地里回，篮子里搁一捧鲜艳的菜蔬。

卖猪肉的开着电动三轮车，车上搁着两片猪肉，大声叫卖，猪肉猪肉。像我们家里卖米饼的，走街串巷叫着，米饼米饼。村子离镇子远，得翻越好几座大山，村人们难得出山。当地女人阿兰说，我们要出山做什么呢？吃有自家种的粮食和菜蔬。要吃肉的话，村子里有人家养猪。

以前身上穿的，也都是自己织的布呢。

　　想想，有点羡慕他们了。

　　孩子们背着书包去上学。他们从不同的屋子里走出来，汇聚到一起，叽叽喳喳。

　　他们将会走出大山的吧？

　　会的。

忽忽
一梦

二日

午后，忽忽一梦，回到小时候，村庄树绿水畅，人口稠密。地里庄稼俨然有序，棉花地里的棉花，如云朵，密匝匝的。

我还是小孩子。妈妈在拾棉花，双手麻利地上上下下，如采茶。妈妈的头发真黑，太阳光如银片，在她的头发上跳跃。奶奶追着偷吃稻谷的鸡跑，她嘴里骂着，惹瘟！那是骂鸡呢。奶奶的碎步子迈得真快。奶奶还不曾很老。

我们几个孩子一会儿跑到棉花地里，一会儿又聚到一条渠沟旁。那里，狗尾巴草和野菊花成团成团地长。我们用狗尾巴草编各种首饰，又掐了一把花，你给我戴，我给你戴。阳光噼哩啪啦的。秋日的暖阳啊。

醒来，惆怅。那样的世事安然，回不去了。

读小北给我寄来的胡兰成的《山河岁月》。

小北做过我的书。他寄来他编辑的这一本。寄来前，他忐忑，说，你肯定不喜欢胡兰成，但我还是寄你，你想看就翻翻，不想看就放着。

我反问他，你为什么说我不喜欢胡兰成呢？

他说的理由惹笑了我，他说，好多人都不喜欢的。

我偏偏不是这"好多人"中的一个，我在七八年前，就读过胡兰成的《山河岁月》了，且不止读了一遍。

　　人不喜他，多半因他情感上的事。都替张爱玲抱不平，那么才华横溢一传奇女子，栽在他手上。然当事人张爱玲，在当年，并没有只言片语的谴责出来，只说自己从此萎了。——其实萎与不萎，那也是张爱玲自己的事，与他人何干呢！

　　这世上，从来不缺少好事者。偏偏这些好事者，常以道德卫士自居。

从前的菊花

三日

　　抽空去看了一场菊。是那种人为聚拢起来的，轰轰烈烈吵吵嚷嚷开着。

　　美吗？美！一方天地里，全是菊。跟选美似的，叫人眼花缭乱。各样的颜色，各样的姿态，数不尽的繁华旖旎，看不尽的千娇百媚。有的丰腴肥硕。有的秀气精巧。有的热情奔放。有的眉目含羞。瓣瓣复瓣瓣，不知几重归路。笙歌吹弹，风清气朗。

　　然我却在心里替菊们难过，总觉得有点委屈了它们。那么多的人，围着它们拍照。那么多的人，围着它们指指点点。它们若会说话，一定会说，不，不要。

　　它们本是极安静的，无须灯光，无须舞台。"秋丛绕舍"，"遍绕篱边"，淡淡笑，天然妆，才是它们应有的样子。

　　从前的乡下，人家的房前，或篱笆墙边，都植有几丛，或金黄灿烂，或红粉乱扑。秋来，它们且笑且开，静谧的时光里，浸泡着它们的颜色和香气。女孩子们天天有花可戴。戴一朵黄菊花，戴一朵红菊花。或者，今天戴朵黄的，明天就掐一朵红的来戴。

　　它们总要开到第一场冬雪降临。最后一抹黄，和红，会从冬雪下面探出头来，跟这个世界温柔地告别。我们路过它，疑心下面藏着一条黄帕子和红帕子。

　　我怀念从前了。真怀念。

反哺

四日

跟着阳光回老家。

我的日程里，回老家看望爸妈，是重大事件。每隔些日子，我都会回去一趟，陪爸妈吃顿饭，跟着他们去地里看看，听他们说些家长里短。然后，给他们发放零花钱。他们不再推让，不再佯作富足，不再口不对心对我说，不要你的，不要你的，我们自己有的是钱。

他们终于犟不过我，乖乖的，像两个听话的孩子，喜笑颜开地接过我给的钱。拿在手上，争论着谁多谁少。他们的开心，是我的幸福。

他们老了，这是不争的事实。他们的羽翼也旧了，也破了，再挡不住风雨了。那么，就让我来做他们的羽翼。我以为最好的孝顺，是把他们当孩子来宠，成为他们的"大山"和"英雄"。为此，我要更加努力，使自己变得更强大，好在他们遇到危难时，我能挺身而出，对他们说，没事，没事，有我呢。

收割机轰隆隆开来，来收割稻子。我们袖着手，在一边看热闹。不过眨眼工夫，门口一大块地里的水稻，已收割完毕，并在地里脱粒好了，把稻谷倒到晒场上。爸妈咧着嘴乐，说，现在种田，比以前容易多了。

这就好啊。

柿子树上的柿子红了。我在门前种下的大丽花和波斯菊，仍在不知疲倦地开。格桑花已谢了。我妈采了一包种子，说明年一定替我多多种下。

五日

温度恰到好处。阳光恰到好处。人呢？人更是恰到好处。

美景。美人。人和自然，都是美的啊。

常被人惊讶问，你怎么看不出年龄？

我也纳闷呀。为什么老要提年龄？树不提，花不提，草不提，你看它们，一年一年，常绿常开。

人的心态，其实最重要。到哪山唱哪山的歌，顺其自然为最好。不勉强自己。不为难自己。不活在他人的眼光和嘴里。走着自己想走的路，做着自己想做的事，无所谓得到什么、失去什么，心也就会快乐，会年轻。

晚上，去沿河风光带散步，听船只突突驶过，载着半船灯火。

我和那人，去寻晚开的桂花。空气中的水汽，带着甜滋滋的味道。那该是露珠的味道。我伸出舌头，那好滋味就落在我的舌尖上了。

露珠悄悄爬到人的眉睫上。它把我当成一朵花了么？

月牙儿真俏皮，它从两棵树的中间长出来。

我们有一搭没一搭地说着话。

他感叹，这样的夜晚真好啊，只是有多少人能像我们一样，知道它的好呢？他们要么忙着在酒桌上喝酒应酬，要么在牌桌上打牌，要么在为名利挖空心思，要么碌碌营营，一百个放不下。

　　我赞同，接口道，只有放下一些，才能拥有另一些。放下怨恨，会拥有轻松；放下对名利的追逐，会拥有身心的自由；放下斤斤计较，会变得善良慈悲，有颗柔软心，看到这个世界的美好。

　　我们两个，做了一会儿哲学家。

六日

谢绝上一档电视访谈节目。

谢绝的理由很简单，我不喜欢如此抛头露面。

对方不解，露脸不是件好事吗？帮你做了宣传呀，让更多的人知道你呀。

我的回答是，谢谢好意，让你们费心了。但这样的露脸不适合我，我只想跟自己待在一起。

是的，我只想跟自己待在一起，做个清澈明净的人，不浮躁，不浮夸，少喧闹。

出行，赶飞机。逢上大雾。

高速封路。走不了，只能等。

心里是急的，这一延误，会赶不上飞机的。可急是急不来的，再发狠愤懑上火，也驱散不了大雾，它们丝毫不会受我们情绪的影响。

干脆不急了，掏本书出来看。人生路上，很多时候，我们都是自己跟自己较着劲，沮丧、愤怒、伤心、着急，然事情的结果，并不会因此改变一点点。反倒让坏情绪控制了我们，不得开心颜。这很划不来。

我不做这样的傻事，我让情绪缓慢下来，渐渐的，也就心平气和起来，沉入到读书中去。书是康·帕乌斯托夫斯基的《金蔷薇》，读过若干遍了。但无论什么时候翻读，还是滋味无穷。译本推李时的为最好。

　　两小时后，雾散。白云悠悠，尘世万千又是清爽明晰的。我们在路上改签了飞机航班，一切又都是恰恰好。

洋紫荆

七日

　　佛山的街道上，多洋紫荆，树高大，都插一头紫红的花。

　　初看到，惊，那么多！在这立冬日。它分明不把冬天放在眼里，做枝头春意闹。

　　因树太过高大，我眼睛又近视，看不大清楚，只看到一团一团的紫红，绚烂着。猜测它是三角梅。随即否定，三角梅也正在开，佛山的每条路上每个庭院里，都植有几丛。然三角梅不可能长成树的模样。

　　我拉住一环卫工人，他正把一袋杂物往一辆三轮车上扔。我指指那高大的树，问他，请问师傅，那开花的树叫什么？他没想到我问这个，顺着我手指方向看去，有点窘，支吾半天，说，豆角树吧。又不确定地摇头，啊，不是。然打量一番后，他又说，是豆角树吧。

　　我半信半疑。后来，走近了，捡起地上的落花细细看，原来是洋紫荆啊。在重庆时遇到过。香港也多植此花，香港的市花就是它。

　　那环卫工人叫它"豆角树"，似也没错。当花落，结荚，那垂挂下来的荚，恰似一只只豆角。

　　洋紫荆又名"红花羊蹄甲"。此名不是以花形状来命名，而是以叶，叶的顶端有裂纹，形似羊蹄甲。在我对花草有限的认识里，花以叶命名的，只此一家。

善行

八日

佛山多花，随便走走，就能遇到很多的鲜丽。

我入住的酒店附近，有一个三岔路口，地下通道上方，全被三角梅给覆盖了。紫红、大红，沸腾得不见枝叶，一任色彩波涛翻滚般的激荡着。花下不断有人走着，没人因那些花儿驻足或凝望，许是它已成了司空见惯。人对美好事物的感知，往往缺乏持久和执着。

好在花儿不小肚鸡肠，它欢天喜地地，只管开着它的花，明媚了那一方天地。它有时也跟人玩一点小把戏，悄悄滑落到一些人的肩头。那些人却不知，他们扛着一朵或几朵花，走了开去。

遇到扶桑和桂花。扶桑开在一家卖糕点的店门前。红红的花朵，像涂了红果酱的小蛋糕。桂花开在一个校园里。不是一棵两棵，而是几十棵，分列在一条长廊的两边。花开得密不透风，香气堆积如脂。学校的老师领我参观他们的校园，走至这里，一个老师深情款款地回忆道，这是我们的老校长当年栽下的，老校长把这里命名为"桂花走廊"。这些桂花，长了有二十多年了呢。我们没课的时候，都爱到这里走走，闻闻桂花香，紧张的情绪，会放松不少。

我微笑着听，很想拥抱一下那个栽下香的老校长。一个人的善行，原是花香暗洒，让更多的人，都会因之而香起来的啊！

游梁园

九日

去梁园。

这座始建于清嘉庆年间的园林建筑，几番损毁，几番修葺，以"名帖、奇石、秀水"被世人称道，为岭南园林的杰出代表。

我自然不肯错过。然当地人却很少有进去看的，送我去的小李就是。他不好意思地笑，说，我们都是跑到别处旅游的，都以为着，这个在家门口嘛，将来有的是时间进去看，所以一直都没有进去过。

我在心里"唉"了一声。又是一个把远方当作风景的人，岂不知，自己所在的地方，亦是他人的远方。

进入梁园，首先是一方石跳入眼帘。转过石，便看到水。水上自然有桥，小巧玲珑得似能盈手一握。袖珍之地，竟造出一个园林来，也是本事。各各石头摆放，千姿百态，"美人照镜""童子拜观音"等等，每块石头，营造者都赋予它一段故事。

我对这些，也只略略看看。我感兴趣的是满园的花草，池边堆绿叠翠，有花在开。紫的，红的，一堆儿一堆儿。我认得绣球花和四季梅，还有一大丛木芙蓉，傍着水，开得千娇百媚。也不知是从前就有呢，还是新栽的呢。谁的眼光叠印着谁的眼光？

屋子连着屋子，都有门相连相通，不知曲折几回。转到一敞开的院落中，一棵粗壮的芒果树，几乎遮蔽了整个院子。看上面标签，一百五十年。算不得多古老。可对于人类来说，也已历经好几代了。

　　出梁园门口时，看到一棵开满鹅黄花朵的树。仰头对着那些花看了许久，觉得不枉此行。我来，它刚好开着花。

我把她当花
一样欣赏着

十日

　　佛山是花草的世界。兴许别的地方也有，但我日日见着的，是这么轰轰烈烈，花事不绝如缕。每日推窗见绿，出门见花，对人来说，可谓福分不浅。只怕是，不够珍惜。然又觉安心，世事之美好，对人的影响，哪会是百分百？若能影响十之一二，也算不得辜负了。昨日看一路过花丛的女子，举手里相机，对着一丛三角梅，仰头认真挑选着角度拍摄。我看着，放心了，美在，断不会缺少目光追随。

　　在梁园，也遇到一个女孩子，她跪伏着，对着地上的一堆四季梅拍照。她拍了多久，我就看了多久。我把她当花一样欣赏着。

　　佛山还有个可爱之处，它是美食的天堂。各色糕点，不用吃，光看看名字，就止不住舌尖生津，什么马拉斑兰糕、奇味牛柳酥、五邑咸鸡笼、芝士香芒球、黄金蔬芙喱、黄金喳喳肠等，不下几百种，又各色小笼包、煎饼、煎饺，又各色靓汤，和糊糊，又有双皮奶及各色炖盅，不胖几斤回家，那不算到过佛山的。

　　想人生有美景可赏，有美食可吃，若再配以有好书可读，有好音乐可听，这人生，真真是叫人永生永世的啊。

　　可惜的是，好多的人，走着走着，就忘了欣赏忘了品味，只剩下机械地行走，麻木地吞饮，没一点趣味了。

鸡蛋花

十一日

居然有树叫"鸡蛋花"。

树长在东莞一个叫"厚街"的地方，路旁，两棵。高得很，我须仰了头望。又肥又厚的叶间，花东一朵西一朵地乱插，也有团团簇拥在一起的，似在传播什么小道消息。花白，大而阔气，五瓣，中间染着鲜黄，似刷了一层蛋黄，故又称"蛋黄花"。

我一听这名就笑了，我想摘下它来用面包夹着吃。又想着，它会不会趁人不注意，偷偷在树上窝上一窝的小鸡。哈，要是那样，可真是有趣了。

鸡没有，小鸟倒是有几只，在花树间穿来穿去，啁啾鸣唱。小鸟是专为快乐而诞生的生灵。它们的歌唱里，从不见愁苦。它们的肚子里，装着星星一样多的有趣的事。它们的心，就是一朵花开的样子。

我仰头看花，看鸟。一个男人走过我身边，盯着我看。他走过去了，又回过头来盯着我看。我指一指树，告诉他，这是鸡蛋花。他笑了，道声，鸡蛋花啊。且走且笑，一径笑着走了。

普及一个有关鸡蛋花的知识：

鸡蛋花，原产美洲。别名缅栀子、蛋黄花、印度素馨、大季花。夏季开花，清香优雅。落叶后，光秃的树干弯曲自然，其状甚美。适合于庭院、草地中栽植，也可盆栽，可入药。

在中国西双版纳以及东南亚一些国家，鸡蛋花被佛教寺院定为"五树六花"之一而被广泛栽植，故又名"庙树"或"塔树"。

夏日
纳凉图

十二日

十一月中旬的深圳，夏天似乎还没过完。

晚上，在深圳街上漫步，所见之景象，完全是一幅幅夏日纳凉图。人们薄衫薄衣穿着，不紧不慢地逛街。小区门口的空地上，小孩子在奔跑追逐。大人们守在一边聊天。修鞋的师傅蹲在树下，和人对弈。旁有人围观，头顶上的路灯昏黄。路边的榕树或椰子树，都是茂密青碧的。好看的特别是榕树垂下的"胡须"，像垂挂的帘子。

遇到一排树，形状特别伟岸俊美，枝干笔直，像用水泥抹出来的，枝条造型特别。逮住几个路人问是什么树，都摇头说不知。后来网上查阅，得知它叫"盆架子树"。因形似古人放洗脸盆的架子而得名。这颇有趣，这么伟岸的树，却被人像唤阿猫阿狗般随意着。

深圳人不太喜此树，据说它开花时，味道太过浓郁，熏得人头晕，附近人家的门窗，都得闭紧了。明明是一片赤诚，捧着满怀的香奉送的，然热情过头了，就叫人生厌了。这才叫物极必反呢！可它不开花时，这么美！

遇到一只蛙，通身金黄。它蹲伏在路边的栏杆上，像用塑料做的装饰物。我们围着它看，有一个小孩也发现了，惊喜地凑过去，想伸手捉它。身后的大人制止住了，拖孩子走。这东西有毒，会毒死你的。大人说。

一环卫工人也站那里看。我问他，它真有毒么？他看看，点点头，说，怕是有毒。

那你知道它是一种什么蛙？我又问。

他愣了愣，说，我们北方没有这样的蛙呢。

他一句"我们北方"，让我意外。我们热烈地交谈起来。他是湖北人。孩子来深圳工作了，他便也跟着来了。闲着也是闲着，找一份事做做，还能替孩子赚点菜钱嘛。他说。他来深圳六年了，很想老家。

一束
黄玫瑰

十三日

　　佛山的孩子们送我一束黄玫瑰，花朵微开着，水灵，饱满，有淡淡的清香散发出来，袅袅不绝。我没舍得扔掉，从佛山带到东莞。在东莞住两天，又从东莞带到深圳。在深圳逗留一夜，又从深圳带到机场。为方便携带，我把它外面的层层包装弃了，单留着那一枝枝花，插在我背包的口袋里。

　　我背着这一枝枝黄玫瑰过安检。安检处的小姑娘且惊且喜，问，是真花么？我说，是真的呀。她问，可以摸一下么？我说，可以呀。她就伸手摸了一下，再摸了一下，笑了，果然是真花呀。好奇问，你为什么带着它们呢？我说，我喜欢它们呀。小姑娘就又笑了。

　　我突然为自己感动，喜欢一个人或一朵花，不轻易舍弃，那是真的喜欢吧。

　　我背着我的花，在机场里走，有一些目光为我的花逗留，我很高兴。替我的花高兴，也替我自己高兴，也替送花给我的孩子们高兴。

叶子的日子

十四日

今天我把它命名为"叶子的日子"。

看叶子去。

出门，也就能见着了。我爱我所在的小城，它四季分明，从不含糊。每一季都有每一季的鲜明特征，像一个公正分明的人，举止恰当，不卑不亢。

我看到的是紫薇的叶。漂亮得像开了一树一树的红梅。每一片叶子都是花朵，它不声不响地，让它的光阴华丽成这样。一棵树的梦想是什么呢？是花开？是结果？我想，是认真度过属于它的每一个日子吧。

银杏的叶不要说了，金黄。像贵妃，珠饰满头。我在一棵一棵的银杏树下走，我也高贵得如女王。我拣了两片落叶做纪念。

梧桐树的叶子大，焦黄，像烤熟的芝麻薄饼。给谁吃的呢？我看到几只小蚂蚁在上面忙碌，它们是把它当作温床。

垂柳的叶子黄了也可爱，像金黄的马鞭子，被风轻轻挥着。

有一种树的名字奇怪：无患子。树叶像小金鱼。一树一树的小金鱼，叫我惊诧。美！我只能这么俗地叹。

树下长椅上坐着两个妇人在聊天。旁边的娃娃车里，一小娃娃手里握着一片金黄的叶子当玩具，他的双眸，认真端详着手里的叶子，那双眸里，映着可爱的金黄。

　　我给各种树叶拍了照片，它们无须摆造型，就美得惊心。每一片叶子都像油画。

　　冬还没来，秋还在秋天里。

　　晚上的月亮，圆而大。跟发酵过似的。

　　据说是 1948 年以来最大最满的。我对着它发了一会儿呆，1948 年的人事早已化成尘土，有多少的眼睛曾仰望过这枚月亮？

　　我与它，在时光里有幸相遇，如同遇见从前的人。什么是消失？什么是永恒？明月无语，爱如流水。

　　不舍。我跑去水边看它。跑去树的缝隙间看它。在空旷处看它，又在人群里看它。

　　今晚，有多少心为它欢喜、驻留？我很想一一去拥抱这些颗心。

迷人的
小妖精

十五日

还是要为那些美丽的叶子惊叹、驻足、凝眸。

市民广场上，长一排银杏，又一排银杏。片片叶子，都像用金子镶上去的。镶上去也便罢了，偏偏还精雕细琢了一番，镂出好看的花纹，每一片，都如一只金色的开屏的小孔雀。一树的"金孔雀"，在阳光下，怎一个富丽堂皇可比得！却又不显得庸俗，而是极其高雅端丽的，又捎带着活泼，我喊它们，迷人的小妖精。

有一棵枫树，很高了。扛着一头一肩的红，红是不得了的红，红到红里头去了的红。树下，歇着一个青年，他背倚着树，在发呆。青年知道他正倚着一树的华美么？真想他抬头看看，再看看。这样的时光，怎么度过都叫人心疼和不舍。

紫薇还是最让我迷恋。紫色的小果子，和红色的叶，风华绝代。给它拍几张照片，枝头缀着几枚小果子，又几片红叶子，疏离着，背景是空空的静。我突然想走进那静里去，和它一起站成岁月最温情的模样。

一方水土
养一方人

十六日

连续好几顿，都点了一种小茨菇吃，用肉汤烧煮的。

这种小茨菇是丹阳的特产吧，来丹阳，第一次见，在别的地方都没看到过。小，如楝树果子，又似雀蛋。粉粉的，轻咬即化。

一方水土养一方人，真是一点儿假不了。就像海门产小芋头，高邮产双黄鸭蛋，而我的东台，一个叫"下灶"的地方，产蚕豆。粒大，粉、糯，叫"下灶蚕豆"。挪一个地长，长出来的，全然变了模样和味道。

所谓橘生淮南则为橘，橘生淮北则为枳，原是如此。人亦如是，好环境提升人，坏环境使人堕化。

某人问，明天还吃小茨菇吗？我肯定地答，吃。想起汪曾祺小时的咸菜茨菇汤，下雪天日日吃着，他不喜。后来多年不吃，他也不想。然一次他在沈从文家，吃到师母做的茨菇炒肉片，他对茨菇又有了感情，后来常常买了茨菇，回家炒了吃。他说他很想喝一碗咸菜茨菇汤了，很想念家乡的雪。

我们每个人的身体内，都安着一根从前的弦，我们以为的遗忘，一个不经意，也就会被弹响，让我们深深陷入怀念中。从前的再多不好，也是馈赠，因为，那是属于我们特有的经历。

每一个四季，
都是自己的人生

十七日

读到一个好句子：每一个四季，都是自己的人生。

若真的把人生分为四季，该是这样的：小孩子是春天，青年人是夏天，中年人是秋天，老年人是冬天。

对照着看，我已走过鹅黄柳绿的春，走过葱茏茂密的夏，到达丰厚内敛的秋。前面，是个洁净清明的冬在等着。

伤感吗？似乎应该伤感。没了春天的姹紫嫣红，没了夏天的青绿蓊郁，秋天里，是一场凋零一场空。

然"夏姐姐"不这么认为，"夏姐姐"说，哪怕凋零，也是华丽的。

"夏姐姐"说，我还要买件花裙子穿，我还要买双溜冰鞋，留着冬天去溜冰。

"夏姐姐"，七十有五。我们是第一次见。她涂着很艳的口红，穿着碎花呢外套，脖子上系一条艳丽的丝巾，头发烫成微卷。我心里叹一声，真美。像什么呢，就像一棵华丽的枫树。

她不喜人称她奶奶，她一本正经说，请叫我姐姐。同行中有人带一五六岁小男孩，小男孩见她，脱口就叫，奶奶好。她笑着纠正，不，小宝贝，叫我姐姐。自此，大人小孩，都一律叫她姐姐，夏姐姐。

她活泼，爱跳，爱笑，笑得眉目飞扬。十足的少女模样。

在她那里，哪里有什么秋的凋零，冬的肃杀，她活着她自己的四季人生，丰盈而美好。

　　真心喜欢她。人生如果认真走下来，都应该如这般丰盈美好，每一季都有自己的锦绣。我吹过四月的风，我淋过十月的雨，这人生，算得是圆满了。

孤独

十八日

那人的叔叔走了。走的方式很决绝，上吊自杀。

他有两个儿子，一个女儿。多年前，妻子生下最小的儿子，受了风寒，落下病根。后又神经出了毛病，疯疯癫癫半世，撒手走了。留他，孤身一人。

他独自嫁了女儿，又帮儿子娶了媳妇。儿女的家庭，皆过得红红火火。他却成了累赘，被抛置一边。有时想找儿子说说话，媳妇的脸色却难看得很。他便很自觉地缩回去，怕碍了他们的手脚。

我去那人老家，碰见过他两回。他一个人身影伶仃地晃过来，瘦得像纸人。他站在门口，跟我们说话。请他一起吃饭，他有些不好意思，说，不吧，不吧。却一屁股坐下来，挑起一块肉，眼泪就下来了，说，我顶爱吃肉了，我好久都不曾吃过肉了。

跟公公婆婆谈起他，他们都摇头叹气，说，子女不孝顺，不把他当回事。

后听说他得病了，一个人躺在一间小屋里。我们去看他，床头上堆着亲戚们送的糕点，包装袋子都好好的。他说，我有糖尿病，这些东西哪能吃啊。给他钱，他不肯要，说，我也有钱呢。

他为什么要走上绝路呢？熟悉他的人都这么议论着，说，没发生什么事啊，饭有得吃，衣有得穿，自己手头还有五六万块钱余钱，每月还有养老金拿，怎么就想不开了？

他们不知，孤独和寂寞，足以杀死一个人。

他死后的仪式，却隆重起来，儿子女儿都是孝子孝女模样，披麻戴孝，请了和尚来给他做道场，大敞篷搭着，宴席的桌子，足足摆了有三四十桌。香雾蒸腾，觥筹交错，笑语喧喧，梵音阵阵，真是热闹。

十九日

这时节，堪称大地上最美的事物，莫过于各色各样的叶子了。

若要在其中再推选出杰出代表，枫树之叶和银杏之叶，当是绝代双娇。

我正这么给它们排着序时，紫薇的叶子跳了出来。广玉兰的叶子跳了出来。黄栌的叶子跳了出来。梧桐树的叶子跳了出来。杉树的叶子跳了出来。哪一个，都浓烈得能把人吓一大跳。

对，浓烈，无比的浓烈！绝对是色不惊人誓不休的。果敢，决绝，红是红得透心透肺，黄是黄得披肝沥胆。你站它们跟前，简直要惭愧了。

怎么能够不惭愧。做人何曾做到这份上，淋漓尽致，不管不顾，只管一任让自己燃烧起来？现实里，这里那里的牵绊太多，顾虑太多，我们难免总是缩手缩脚，瞻前顾后，给自己留条后路。而这些叶子们，把自己的后路堵得死死的，燃烧完了，也就完了。

我从银杏树下走过，进到杉树林中。"层林渐染"这个词是用来形容这个时候的杉树的吧？那细如缝衣针似的叶子，一点一点描上红，描上黄，是怎样的浩荡激越！它叫我无法呼吸，真的无法呼吸了。心里有一千个一万个声音说的都是，感谢上天，让我拥有明亮的眼睛，可以看到这一些。

这个时候的枫树，是不能直视它的。我怕它会烧疼了我。美得过分的事物，是叫人心疼的。我在一树一树的红枫跟前，就那么心疼得不知所措。

　　我去给梧桐树拍照。"斑斓"这个词，献给这个时候的梧桐树，是相当贴切的。在一旁清扫道路的两个妇人，站我旁边，饶有兴趣地看，她们一会儿看我，一会儿看树，然后齐齐对我说，这些树真漂亮啊。

　　我替那些梧桐树感到高兴，不仅我看到了它们的美，还有人也看到了。

　　感激这些美的存在，让我们能够轻易遇见。

一生中的
必修课

二十日

天似乎没有转晴的迹象。大地上的色彩，却不管你是晴天，还是雨天，它们心里自有一把火。

燃烧吧！只有燃烧，才能证明生命的存在。也只有燃烧，才能达到生命的极致。

华丽盛放，是每个生命的梦想吧？叶子的盛放，比鲜花的盛放更令人震惊。谁承想，凋零也能如此华美！

我拍我的小区。从七楼阳台俯身下去，那栾树，那合欢，那银杏，那广玉兰和紫薇，都是流光溢彩，丰姿绰约的。每一张照片，都好看得如油画。

我是住在油画里的人。

我们都是住在油画里的人。

看王阳明家训《示宪儿》，感慨良多。这家训实可做普天下之人的做人准则：

勤读书，要孝悌；学谦恭，循礼仪；节饮食，戒游戏；毋说谎，毋贪利；毋任情，毋斗气；毋责人，但自治。能下人，是有志；能容人，是大器。凡做人，在心地；心地好，是良士；心地恶，是凶类；譬树果，心是蒂；蒂若坏，果必坠。

热爱读书，孝顺父母，心怀善良，宽容大气，低调做人，这是我们一生中的必修课。

陪伴是最长情的告白

二十一日

身体极不舒服，但还是坚持回了趟老家。

妈今天过生日。

每年的新日历到手，我做的第一件事，就是把家里人的生日先标上，那人的、儿子的、爸爸的、妈妈的、公公婆婆的、兄弟姐妹的。当然，也包括我的。

买给妈的礼物——一件紫红色棉袄，是早在半个月前就准备好的。大清早，就电话到蛋糕店，订做了一只大蛋糕。另包好给她和我爸的零花钱。每次见面，我都给他们发零花钱，以至我爸见到我手往包里掏，就眉开眼笑，知道又有零花钱了。

妈烧了好几个小菜。也买了长寿面。妈锅上锅下转，嘴一直咧着。

妈吃我切给她的蛋糕，一边吃，也还是一边笑着。鼻尖上都沾上奶油了。我爸伸手，轻轻替她揩了。我喜欢我爸这个动作。

妈穿我给她买的袄子。不大不小，正好。颜色亦是妈爱着的。妈高兴得跳起来。

妈看上去真像个孩子。

看到他们开心，我更开心。父母的恩情，儿女怎么报答也报答不完的，我能做的，就是在他们有生之年，尽量多抽空陪伴。

喜欢一句话：陪伴是最长情的告白。记得父母的每一个生日，并用心陪他们过，是对这句话最好的践行了。

请用雪来款待我

二十二日

如果你一无所有，请用雪来款待我。——这是我今天读到的最好的句子。

我这里没有下雪，却下雨了。冬天的第一场寒冷，就这样，以雨的模样，降临在我的小城。

但我知道，很多人在盼雪。我也是。风这么的大，天这么的冷，理应该下雪的。

没有人会厌烦雪。尽管它表现得一点不热情，始终一副冷冰冰的样子。你想用你的热情留住它，没门。它一沾你的掌心就化了。可是，它美。美得无可替代。美得天下无双。

美的事物，总叫人难以抵抗。说白了，我们碌碌营营的一生，就是为了追求美。

煮雪烹茶，俗人做了，自以为高雅。其实，也不过是俗事一桩。吃喝二字，本就是俗。

一舟，二三粒人，于湖心亭赏雪，是那个叫张岱的文人才能做出来的事。我以为很风流。羡慕！

如果你一无所有，请用雪来款待我。这个愿望真奢侈！

今日小雪。于细雨中，读两章《红楼梦》，一章《情切切良宵花解语，意绵绵静日玉生香》，一章《琉璃世界白雪红梅，脂粉香娃割腥啖膻》。都是欢天喜地天真无邪好时光。

今宵独钓
南溪雪

二十三日

雪来了。

本是预料之中的事，却仍感到意外，意外极了，且惊且喜地大叫，雪啊！非得这么大声惊叫一番，才足以表达我们的热情。

雪起初也只是漫不经心地飘飘，像来应付差事似的。至午后，很是正正经经起来，大片大片的雪花，争先恐后地，一拥而下。空中像飞着无数的白蛾子。

有人归来。也不撑伞，就任雪花落在他们头上、肩上。步履也不紧张，雪中行走，生活的重担暂且搁置一边，先享受眼前的纯净和安宁再说。

也是顶顶奇怪，雪落得越是紧密，越往那宁静里去。这个时候，请不要大声喧哗，请轻轻呼吸。

"昨夜醉眠西浦月，今宵独钓南溪雪"，宋代词人洪适笔下的渔翁是个乐观的人，很有些苦中作乐的本事，虽家贫如洗，有着种种艰辛，然那西浦的月，南溪的雪，可供他醉眠和独钓。

今宵，可也有人独钓一溪的雪？

我在窗子后面看着，想了一些事，一些人。又好像什么也没想。我让时光空着，等着雪来落满它。

做一个明亮的人

二十四日

什么时候的阳光最叫人激动？答案：是雪后的。

一场雪后，阳光撒着欢地跑出来，灌满我的窗。那人去上班，临走前，过来拂我的脸，凉的手指，滑过我的额，他俯身说，记得起来要把被子晒晒啊，出太阳了，阳光好得很。

唔，我答应一声。继续闭着眼睛，享受着这清晨的宁静。我知道，阳光已悄悄爬上我的眼帘。

很爱。这般的家常，才是滋养生命的源。

捧了被子，在窗台外的晾衣架上摊开。往左右邻舍看去，每家的阳台上，也都晾着被子。阳光真是无私，普照每一个生命。

把儿子的冬衣找出来，也晾到阳光下。我要收集且折叠起这些温暖，带给他。一个冬天，他将都是温暖的。

书房开阔，阳光无遮无挡地进来。在一盆蟹爪兰上歇脚。蟹爪兰的花骨朵，饱胀得像怀了孕的妇。阳光也去我的吊兰和玫瑰莲上串门，给它们戴上银光闪闪的银冠。一切事物沐着阳光，都是透亮透亮的，叫人欢喜。

谁不喜欢明亮呢！

做一个明亮的人，也赠这世界一份明亮，这是活着的最大价值了。

阳光让我坐不住，下午三点多出门去，我要去看最后的叶子。

换上一件小棉袄，脚步轻快，一路走一路看，阳光像些欢快的小虫子，到处爬。前些日子看到的一树华丽，已凋零了。我庆幸着，我收藏了它们最美的样子。你看，世上之事，好多的是等不得的，等着等着，就成萧条了。

沿河边一直往南走，河里船只往来频繁。我看水看船只。树木惹看的只剩下黄金树了，老远就看见那一树金黄。

遇见一个落日，大，红透了。我眼见着它慢慢滑下去，滑下去，天边一片绯红。天边一定有个海的。

还遇到蒲草。枯了，也是一片金黄。

女贞

二十五日

《仿佛多年前》是我五六年前写的。五六年间,电脑换过好几台了,一些旧作未作保存,无法再找寻。再版时,我只好一个字一个字重写。这个过程虽辛苦,但又收获颇多,我得以与从前的自己相遇,那时的我,有稚嫩,有不足,在从前并未觉得。

每个人的一生,其实都是在不断修正和完善自身,以期遇见一个更好的自己。

认识了女贞。

路边不知什么时候植有这种树。夏天它开细小密集的白花,一撮一撮的,在绿绿的叶子里,像害羞的小姑娘。香气却极浓郁,我一度误以为它是七里香。

到了秋天,它结出果子来。累累的,紫黑色的,密密地缀在一起,像蓝莓,让人有想摘下来尝一尝的欲望。故当我把它拍照上网时,一帮人追后面问,这什么果子?这么诱人,能吃吗?

曾在一寺庙见过一棵女贞树的,高大得很,须仰望,枝干被人摩挲得极光滑。很古老了。到底有多古,没人说得清。有说二百年的,有说三百年的,还有说五百年的。那时只觉得那女贞树有佛性,也未曾细看,竟不识它的真模样。

　　今日之人不识它的，怕是十之八九呢。它其实历史悠久，且来头不算小。传说在远古的鲁国，就有此树，那时它尚是无名植物之一。只因一位名叫"贞"的女子，因仰慕此树"负霜葱翠，振柯凌风"，"或树之于云堂，或植之于阶庭"，故后来人呼之为"女贞"。汉代司马相如在他的《上林赋》中，提及此树，有"櫕檀木兰，豫章女贞"之句。清代沈涛在《瑟榭丛谈》里，赞美过它："女贞凌严冬，艳不数桃李。"这评价真够高的，是说女贞有坚贞之气。

　　女贞之果，药用价值颇高，可明目、乌发、补肝肾，还可益寿健体。有人研制出女贞子粥、女贞子枣茶，还有女贞子酒。极好操作的是女贞子茶：

　　茶叶 60 ~ 80 克，女贞子 10 ~ 20 克，干枣 10 ~ 20 克。三味分别烘干粉碎制成颗粒茶，沸水冲泡饮用。

　　功效是益寿健体。

　　嗯，人到中年，最想保养的，就是身体了。得空了，我要试上一试。

　　女贞的花语是，生命。

　　今日识它，三生有幸！

最烦宴席

二十六日

早上还在苏州，中午已在常州住下。

常州 24 中。一所不年轻的学校，我来，做一个作文大赛的评委。站二楼走廊上，可观隔壁天宁寺的佛塔。晨钟暮鼓悠悠，是养心之地。

古运河在它身侧。

最怕的事是陪人吃饭，或被人陪着吃饭。

一大堆的客套话。一大堆的吃饭礼节。位置的大小如何坐。酒得先拣什么人敬。菜得如何布。不时得搁下筷子，站起来受敬或敬人。菜的味道如何，舌尖上根本尝不出了，如嚼蜡。这哪里是吃饭，这分明是受刑。又相当浪费时间，一顿饭总要花去几个小时。

每遇这样的饭局，我都恨不得变成虫子飞走。我木偶般坐着，耳边声响沸沸，眼前的美食，勾不起一丝食欲。我就在脑子里背宋词：东池宴，初相见。朱粉不深匀，闲花淡淡春……

还是古人的宴席有趣，唱曲赋诗，有美人弹琴鼓瑟，往雅里面雅着。

今日之晚宴，诸色人等，席间谈笑宴宴。宴席完，我全部忘却，一个也记不起了。我背了两首词，苏东坡的《望江南》和周邦彦的《玉楼春》。我还读到一首好诗，韩文戈的《寂静》：

大清早，在自家的土炕上睁开眼
能听到，院子里的父母一边干活，一边轻声搭话。
能听到大喜鹊领着小喜鹊
往返于村庄与西山之间的翅膀声
河水笼着轻烟，悄悄绕过小村。

而当午后醒来，天地一片古意，季节幽深如一眼老井
岩村有着发自骨髓的寂静：
它们被椴树、厩、桑麻的枝叶紧紧含住。
当一个人失去了父母双亲
只有尘土落下，落下，埋住一年年的寂静。

我们该时时读点诗，让灵魂洁净温润。

健康成长比什么都重要

二十七日

　　梧桐叶子落在地上，绛红的叶子。地上铺着青色的面砖，天上下着毛毛雨。那叶子就贴在面砖上，像印上去似的。

　　我从那儿走过，舍不得踩它们。那么美！它们是开在地上的花朵。"情似雨余粘地絮"，——我想起这句诗。

　　孩子，你且慢慢长。这是我想对一个孩子说的。亲爱的，你且让你的孩子做个孩子。这是我想对一个家长说的。

　　又一届省中学生现场作文大赛。我是评委。这个家长带着孩子冲着大奖来了，但未能如愿，他的孩子排在 20 名特等奖外。他不服气，冲上台来，说他的孩子从 8 岁起就开始写作了，至今为止已出版了七八本书，有的还是英文版的。孩子今年 12 岁半，写作正突飞猛进着，这一年，他又写了五十万字。孩子这次的参赛文章写的是黑白二魔，他说他孩子写得棒极了，能得特等奖的特等奖。他孩子还过了钢琴五级。弹钢琴是练智力的嘛，他洋洋得意。临了他说，我相信我的孩子会走出中国，走向世界的。

　　我听得倒抽一口凉气，这孩子的人生，过早套上"光环"，过早被委以重任，他如何能承载其重？我承认天赋异禀是有的，但当这"异禀"被无限挖掘、利用，成为炫耀的一种，它所附丽着的生命，便会渐渐萎缩、干涸。这个孩子是没有童年、少年的，他也将失去他的青年，他会活在一堆虚幻里，不断地捧出"奇珍异宝"才能证实自己的存在。

然他，能写多久呢？一个与生活与乐趣脱了节的孩子，他到底能走多远？

这孩子的参赛文章我印象深，布局相当乱，他以黑白二魔死了做收尾，中间写得云里雾里，我们几个评委研究半天也没弄懂，这样的文章自然不能得大奖。

健康成长比什么都重要，对一个孩子来说。

阳光之酒

二十八日

阳光太神奇了！我捧被子去阳台上晒时，看到阳光趴在我的花上、草上、藤榻上、藤桌上，它们睁着亮晶晶的眼睛，——我确信，阳光是有眼睛的。

花草们变得闪闪亮了。蟹爪兰的花朵儿，被阳光吻着，简直有些把持不住了。我盼望着从里面蹦出什么来。会蹦出什么来呢？会蹦出一个穿着粉色裙子、戴着黄绒帽的小姑娘么？藤榻上的老藤，被阳光摩挲得像面镜子。我想从里面找到它的前身。它曾在哪座山上，被怎样的风霜磨砺过？又曾被哪双手砍伐，编制成藤榻？它成了我日常相伴之物，这样的缘分，也是历经千山万水的，叫我如何不心生感激！

我在阳光下，读读书，发发呆，看阳光在我的膝上跳来跳去。人在阳光下，再多的情绪，也会被晾晒得松软。还是暂且抛开一切去，静静享用这琼浆佳酿吧，——阳光之酒，惹人醉。

宝钗是个
好姑娘

二十九日

又读完《红楼梦》，我想为宝钗说几句话。

很多人不喜欢薛宝钗，给她贴的标签是：虚伪，圆滑，有心计，城府深，八面玲珑。

我也曾相当不喜，认为她小小年纪，就四平八稳着，不可爱。

我们都偏爱黛玉一些。黛玉无父无母无兄无姐，这样的孤苦伶仃，就狠博了一大把同情。况她的身子，又是那般娇弱，玻璃做的人儿，风吹吹欲倒，这又给她，加了不少分。人都有保护欲，都喜欢弱小的。这也就罢了。偏她又才高八斗，又不爱走老祖宗定下的路，离经叛道得很，这很得一众叛逆少年的心。宝玉把她引为同类，就是这个缘由。谁的青春里，没有叛逆过？哪怕有一千条光明大道摆在面前，我们也要专挑那一条幽暗的小路走。

等长到一定年纪，落入凡尘中来，才知道，真正的生活，靠的是一针一线，一鼎一镬。也才渐渐体味到宝钗的好。这是颗珠宝啊，是千里挑一的好姑娘啊，谁家生了这样的姑娘，那才真叫福气满盈。

她健康。用珠圆玉润来形容她，一点不为过。宝玉有次把她比作杨贵妃，她很不乐意。其实，她恼的不是宝玉的比喻，而是恼着宝玉当着黛玉等一干人的面，这么说她，黛玉都捂着嘴在偷乐了。她也有她的小心眼，这是可爱了。

　　她孝顺，是薛姨妈的小棉袄。她有个极不成器的哥哥，薛姨妈三番五次，被这个儿子气得吐血，幸得有宝钗一旁陪伴劝慰。家里诸事人等，也是宝钗一一调停妥当。宝钗有次当着黛玉的面，伏在薛姨妈怀里撒娇，薛姨妈抚着她的头，叹向黛玉道："你这姐姐，就和凤哥儿在老太太跟前一样，有了正经事就和她商量，没了事幸亏她开开我的心。我见了她这样，有多少愁不散的。"想她不过才十来岁一个女孩子，真是难得。

　　她有才华。诗书方面，不比黛玉读得少。作起诗来，有时跟黛玉难分伯仲，甚至有超越的。大观园一帮女孩子作柳絮诗，黛玉还是一贯的缠绵悲戚，湘云的情致妩媚，唯宝钗另辟蹊径，她说，"柳絮原是一件轻薄无根无绊的东西，然依我的主意，偏要把它说好了，才不落套。"于是，有了一首《临江仙》：

　　白玉堂前春解舞，东风卷得均匀。蜂团蝶阵乱纷纷。几曾随逝水，岂必委芳尘。

　　万缕千丝终不改，任他随聚随分。韶华休笑本无根，好风频借力，送我上青云！

　　湘云刚看前两句，就笑赞道："好一个'东风卷得均匀'！这一句就出人之上了。"待众人看完，都拍案叫绝，无不服叹。"好风频借力，送我上青云"，这里面暗藏着她的一颗闪闪发光的灵魂，她有气度，她豪爽豁达，不甘于沉沦。

　　她真是个矛盾体，一方面想挑战命运，一方面又恪守着传统。她远比黛玉要听话乖巧得多。这个听话，在我们今天看来，非常不好，我们用批封建的眼光，来批判她。可在她所处的那个年代，在她那样的出身，那就是社会通用的标准。一个正正经经标标准准的女孩子，又不好在哪里？社会进步了几百年，我们的评判标准也没高明到哪儿去。每个为人父母的，从孩子一出生起，就在着急，别输在起跑线上呀。假如家家都有个黛玉，弱不禁风也就算了，世道人情一点不通，家事物事万事不管，又不爱博取功名，理工科怕也是通不了，只爱弄些闲花弄月的小诗文，你说父母急不急？她将来靠什么来安身立命，这是个很现实的问题。

　　黛玉是有黛玉的好，才情高，心思纯，素朴纯良。这也是因她的特殊经历使然。她从小失母，后又失父，接受家庭教育极少。到了贾府里，贾家也只做到让她衣食无忧，并没有人真心待她，与她交心，跟她讲世道人情。宝玉待她好，好到如同待另一个自己，但这两个的好，是完全脱离世俗的好，到底是孤单无助的。所以，她倒是野生野长般的，全由着性子来了，又时时提防着这个世界对她的伤害。她看了《牡丹亭》《西厢记》等禁书，一次行酒令时，脱口说出其中的句子。宝钗留意到了，背着人时，对她有了一番推心置腹的谈话，只说得黛玉垂头吃茶，心下暗服，只有答应"是"的一字。可见得，她多么缺少人关爱，自然也就没接受多少禁忌和世道人情。

宝钗呢，大不同，且看她对黛玉说的一番话，就可从中一窥她的成长经历：

你当我是谁，我也是个淘气的。从小七八岁上也够个人缠的。我们家也算是个读书人家，祖父手里也爱藏书。先时人口多，姐妹兄弟都在一处，都怕看正经书。弟兄们也有爱诗的，也有爱词的，诸如这些"西厢""琵琶"以及《元人百种》，无所不有。他们是偷背着我们看，我们却也偷背着他们看。后来大人知道了，打的打，骂的骂，烧的烧，才丢开了。所以咱们女孩儿家不认得字的倒好。男人们读书不明理，尚且不如不读书的好，何况你我。就连作诗写字等事，原不是你我分内之事，究竟也不是男人分内之事。男人们读书明理，辅国治民，这便好了。只是如今并不听见有这样的人，读了书倒更坏了。这是书误了他，可惜他也把书糟蹋了，所以竟不如耕种买卖，倒没有什么大害处。你我只该做些针黹纺织的事才是，偏又认得了字，既认得了字，不过拣那正经的看也罢了，最怕见了些杂书，移了性情，就不可救了。

我们都觉得宝钗说到最后，实在可厌，有腐败气息。可细细推想，在彼时彼地，宝钗的这番话，哪一句违背了常理？哪一句不是出自她的肺腑？她没有玩虚的，玩阴的，完全是发自真情，出自真心。

黛玉是何等样聪明玲珑之人？旁人轻易入不了她的法眼，但对宝钗，她后来交出了她的心，几乎是剖白了：

你素日待人，固然是极好的。然我最是个多心的人，只当你心里藏奸。从前日你说看杂书不好，又劝我那些好话，竟大感激你。往日竟是我错了，实在误到如今。细细算来，我母亲去世的早，又无姐妹兄弟，我长了今年十五岁，竟没一个人像你前日的话教导我……

如果宝钗果真是个有心计的姑娘，她大可不必善意提醒黛玉，跟黛玉说出那样一番真情实意的话来。让黛玉去当众出丑，这不正中下怀吗！不要她出手，就让黛玉落下话柄，惹人指指点点，岂不更趁了心愿？黛玉后来一口一个"姐"地叫她，又拿她的娘，当自己的娘，很是享受了一段亲情时光。这皆拜宝钗所赐，是宝钗的大度、宽容和善良，焐暖了黛玉的心。

一个人再善于伪装，天长日久了，也会让人看出破绽来，然宝钗却无这样的破绽。退一万步说，纵使她是伪装的，然那与人无害，反倒让人受益，这样的伪装，又有何不好？香菱被薛蟠的新媳妇夏金桂不容，薛姨妈气恼之下，要卖掉香菱，是宝钗出手阻拦，让香菱跟了她。她对湘云，更是体贴到没话说。虽说湘云从小在贾母身边长大，然整个贾府，有谁替湘云想过，她跟着叔叔婶婶的不易？是宝钗，一次次送湘云温暖和慰藉。那么一个直性子的史大小姐，人前人后，对宝钗赞不绝口，说出这样一番掏心窝子的话：

　　我天天在家里想着，这些姐姐们再没一个比宝姐姐好的，可惜我们不是一个娘养的，我但凡有这么个亲姐姐，就是没了父母，也是没妨碍的。

　　对清贫困苦、自尊自爱的邢岫烟，宝钗竭尽所能相助，说出的话，句句暖到岫烟的心尖上：

　　你以后也不用白给那些人东西吃，他们尖刺让他们尖刺去，很听不过了，各人走开。倘或短了什么，你别存那小家儿女气，只管找我去。并不是作亲后方如此，你一来咱们就好的。便怕人闲话，你打发小丫头悄悄的和我说去就是了。

　　得知邢岫烟当了绵衣服，换了几吊盘缠，宝钗让小丫头把当票送来，说要悄悄去给她赎了回来，又在晚上，再悄悄给她送了去。一切都悄没声息无有痕迹，这种体谅体贴，该有怎样一颗七窍剔透心，才能做得到？她见邢岫烟佩了探春送的一个碧玉佩，笑着教导道：

　　但还有一句话你也要知道，这些妆饰原是出于大官富贵之家的小姐，你看我从头至脚可有这些富丽的闲妆？然七八年之先，我也是这样来的，如今一时比不得一时了，所以我都自己该省的就省了……咱们如今比不得他们了，总要一色从实守分为主，不比他们才是。

"不比他们"！这话真叫人敬重。不自轻，亦不攀比，只泰然着自己的拥有，数点着自己的日子。

有人又尖刻地指出了，说宝钗这是生性冷淡。你看哪，她居住的屋子，就跟雪洞似的，几无摆设。她又不喜在头上插花呀绢的，胭脂俗粉，也与她无缘。吃个药，也叫"冷香丸"，整个一冰美人。我替宝钗叫冤了，她的审美情趣，哪是一般人能懂的？她喜欢的是删繁就简，那种洁净清澈，才真的是从骨子里散发出来的优雅呢。她手执团扇扑蝴蝶，且扑且喜，娇憨动人，又哪里是一个生性冷淡的女孩子能做得出来的？

宝钗的好，她的丫头最有发言权，当宝玉由衷感叹，"明儿不知哪一个有福的消受你们主子奴才两个呢。"莺儿就笑道，"你还不知道，我们姑娘有几样世人都没有的好处呢，模样儿还在次。"——这真是个令人浮想联翩的话题，宝钗到底还有哪些世人都没有的好处呢？曹雪芹没有告诉我们，他给我们留了个悬念。曲终人不见，江山数峰青。

宝钗的女红，也十分了得。在一帮红楼女儿里，如果要排排队的话，她的位置，应该很靠前。晴雯算顶尖的。湘云算一个，跟着叔叔婶婶过，不得自由，要帮着做活计。探春给宝玉做过鞋子。鞋子的做工如何，不得而知。黛玉嘛，是最不擅针线的，她也不爱这个，一年的工夫，也只勉强

做了一个香袋儿。宝钗做针线活，在书里好几处都写到，描写得最生动的
一处是，那日她去看挨打受伤后的宝玉，袭人正在给宝玉扎肚兜，扎的是
鸳鸯戏莲的花样，红莲绿叶，五色鸳鸯，活计鲜亮得让宝钗惊叹不已，驻
足一旁，看得痴过去。后来袭人出去，她不由自主拿起针，代袭人刺起来。
这是黛姑娘不可能做到的。这样的宝姑娘，很有女人味，实在可爱。

　　宝钗对颜色的搭配，也自有她的眼光。她的丫头莺儿，在颜色搭配上，
怕是受了她的影响。宝玉央莺儿打个汗巾络子，莺儿就问，"什么颜色
的。"宝玉说，"大红的。"莺儿立即道："大红的须是黑络子才好看，
或是石青的才压的住颜色。"又道，"松花配桃红。"葱绿柳黄是她最
爱的。至于花样儿，多得很，一柱香、朝天凳、象眼块、方胜、连环、
梅花、柳叶。后来，宝钗建议宝玉，"倒不如打个络子把玉络上。"喜
得宝玉拍手称是，又不知配什么颜色好。宝钗就说，"若用杂色断然使
不得，大红又犯了色，黄的又不起眼，黑的又过暗。等我想个法儿：把
那金线拿来，配着黑珠儿线，一根一根的拈上，打成络子，这才好看。"

　　这样的宝钗，出得厅堂入得厨房。只是安排她嫁给宝玉，实在让人
意难平，活活牺牲了一个好姑娘啊。她本该有她的花好月圆，做她的贤
妻良母，在她的小家屋檐下，儿孙满堂，安享一生，不该落得个曲终人
散的。

一个快乐
的早晨

三十日

　　早晨的天空很干净。一棵合欢树，细细的枝条，配了稀松的叶，在晨光里的剪影，惹得我看了又看。世事万物所呈现之美，有时真叫人吃惊，那种简约澄澈，疏朗有致，恰到好处，纵有丹青难绘制。每每这时，我能做的，也只是毫不客气地笑纳，在人生的行囊里，又添上一份美。

　　太阳出来了，又是一个晴天。我又想到野地里去走走了，看看树上的叶，落光了没有。我希望还能照面几片，或红或黄，它们都往艳里头艳了去。人衰老的样子不好看，叶子恰恰相反，越老越风华绝代。

　　人活得像一片叶子才叫真风雅呢。我希望我是。我希望我的文字也是。

　　去吃早餐。小城的早餐丰富得很，又有特色，鱼汤面、鱼汤馄饨，又各色糕点、包子，豆浆，凤爪，再上一盘子拌干丝，干丝切得细细的，佐以姜丝、大蒜、花生。我和那人偶尔会来吃。窗边的位置很难抢到，往往跟别的人挤在里面。也好，每个人面前都香雾蒸腾的，这挤挤攘攘的热闹，我愿意沉溺。我们都是这俗世里的饮食男女。

　　一个女儿带着老父亲来吃早餐。老父亲看上去很拘谨，微驼着背，一顶绒帽子，歪戴在头上，皮肤黝黑。女儿一件风衣，很得体地穿着。头发微卷，披着。她把老父亲引到位子上坐了，说声，爸，你好好坐着，我去点餐。那老父亲点头"哦"一声，小心地坐了。女儿去点餐，他就一直坐在位子上不动，耐心等着。

　　他们的餐端上来，先是一笼小笼包，又一碗鱼汤馄饨，又一碗鱼汤面。老父亲说，浪费了，太多了，太多了。女儿声音稍稍提高，哪里多了？你就好好吃你的吧。说毕，把小笼包一只一只，全搛到老父亲的盘子里。

　　我盯着他们看半晌。这是一个快乐的早晨。这是十一月的最后一天。

我之所以那么热爱大自然，是不想让我浑朴的天真，受到一点点委屈。

在大自然的怀抱中，它才能赤身裸体，无挡无碍，舒展有余地发出欢笑。

十二月

December

它 就 是 天 空 的 小 心 脏

每一个四季，都是自己的人生

天空亦是干净的，坦坦荡荡的。星星只有一颗，亮得很，像谁遗落的一颗红宝石。或者可以这么说，它就是天空的小心脏。

浑朴的天真

一日

十二月来了。

我在去年这一天的日记里，写下这样一段话：

阳台上的蟹爪兰，又打了满盆的花苞苞了。

真欢喜啊。

花怀孕了，且多子多孙哎。

我这样写的时候，神情一定是相当愉悦的。

我跑去阳台上看，蟹爪兰似乎就等着我去，它把去年的日子，一模一样地搬了来，对我说，你瞧，一切都在，一切都没有变。

那些饱满的花苞苞！

然我清楚地知道，时光已越过了几重山水。日月江河，都不是我的，也不是你的。我们只是这世上匆匆一过客。所以，不必贪求过多的拥有，一路之上的所遇所见，所享所用，都只是暂时的，终将被收走。

记录一下今天的天气：温暖。无风。阳光浩荡。

我晒了被子。又去看了看楼下那棵枫树。它一点儿也不着急，叶片慢慢儿变黄，再变红。像手艺挑剔的绣娘，每一针下去，都细细比画着端详着，慢工出细活的。我于是也备着十二分的耐心，等着看它最后的杰作。

随手翻徐志摩写的一篇文章，有一段话很有意思，让我会心一笑，引为同道中人：

　　只有你单身奔赴大自然的怀抱时，像一个裸体的小孩扑入他母亲的怀抱时，你才知道灵魂的愉快是怎样的，单是活着的快乐是怎样的，单就呼吸单就走道单就张眼看耸耳听的幸福是怎样的。因此你得严格的为己，极端的自私，只许你，体魄与性灵，与自然同在一个脉博里跳动，同在一个音波里起伏，同在一个神奇的宇宙里自得。我们浑朴的天真是像含羞草一样的娇柔，一经同伴的抵触，他就卷了起来，但在澄静的日光下，和风中，他的姿态是自然的，他的生活是无阻碍的。

　　我之所以那么热爱大自然，是不想让我浑朴的天真，受到一点点委屈。在大自然的怀抱中，它才能赤身裸体，无挡无碍，舒展有余地发出欢笑。

南天竹

二日

　　南天竹的果子美。一枝枝的红果子，大小均匀。称"粒"才合适，因为它小巧。似有巧手，用针线，一粒一粒穿起来的，穿成一串，再一串。可直接拿来当手链。红宝石比喻它，不大恰当。但我一时又找不到别的物来形容。一粒一粒，那么溜圆可爱，结结实实地红着。

　　暗夜里，我路过它，也还是被它的红吸引住了目光。它有鲜艳之美，纵黑暗亦挡不住。

　　我采了两枝带回。小区门卫见之，好奇，问，这红果子是什么？告诉他，它叫"南天竹"呀。这么说时，我很高兴，它又被一个人认识了。

　　家有收藏的酒瓶，像瓮。我把南天竹插进去，算是清供。酒瓶与南天竹都很满意，它们迅捷陷入热恋中。无论从哪个角度看过去，它们都是生来的好伴侣。太搭了！

　　那人回来，见之，愣住，细端详，冒出一句，真不赖。我也凑过去，跟他挨着头，欣赏酒瓶和南天竹。我们因此又多说了很多的废话，且为那些废话精神愉悦着。它们，当仁不让地成了我小屋里的一景，日子里的欢喜，就这么被我捡着了。

　　南天竹又名红杷子、天烛子、红枸子。喜"天烛子"这一名字。是老天给大地点上的小火烛呢。

三日

今天的阳光，如果给它打分，我要给它打一百分。

这样好的天，坐在家里，实在是暴殄天物了。且搁下那些所谓紧要的事，出门去，与大自然共呼吸，看看天，看看地，赏赏叶，寻寻花。我常把时间浪费在这些看似无用的事情上，我愿意。

出门前，收拾干净自己，拈点胭脂润了脸。只有明媚才配得上明媚。

路过一些树。叶子快掉光的树，枝条儿疏疏密密，甚是有味道。说不上什么味道，只觉得好。也不荒凉，也不寂寞。阳光在上面跳得欢呢。鸟儿在上面跳得欢呢。这一无遮挡的接纳，多好！

枫树不急，平时藏在一些绿植里，也不大显眼，这个季节，它一跃成为"名流"，富贵华丽，往那芳华晔晔里去。

也路过一些花，是月季花。花朵还很饱满，色泽亦很艳丽。它多能开啊！季节也奈何不了它。

路上遇到的人不多，我给天空拍照时，一个老人在我身边停下来，盯着我看。我也看他，他就笑了。后来我们一齐看天空。

天空好看，好看得让我吃惊，我似乎第一次见它如此。那蓝，极淡，淡得温柔。那云，又极松软，拿来织了绒帽子戴，应该顶合适吧。

一颗漂亮的夕阳，逗引得我追着它跑，直把它追到一条河里面去了。

野花儿
真多

四日

　　回忆是顶捉不准的一件事。也许因一首歌。也许因一个相似的场景，一句相似的话语。也许因一个背影，一个举手弹眉的小动作。也许，什么也不曾发生。就像这会儿，我在阳光下坐着，风，或者说是时光，把我插在瓶子里的一朵天人菊，弄成了干花。小区里人声物语都是日常。有人午后带着孩子出来闲遛，那小孩子撒欢得像只小狗，就差再多生出两只蹄子才好。我想着先打个盹，然后精神十足去写点什么。

　　我的思绪突然无来由的，就奔去了乡下。提着猪草篮子的小丫头，在芦苇荡里，捡到麻雀蛋了。心里真是欢喜，那麻雀蛋，回去清水里煮煮吃，是上等美味，又果了腹，又解了馋。清汤寡水的日子里，那算得上是奖赏了。

　　野花儿真多。一出门就是。沟边河畔田埂边，都是。不用出门，甚至也能看到。它们就在屋檐下开着，就在砖缝里开着，就在土墙上开着，就在茅屋顶上开着。小丫头是喜欢花的，她每天都要采很多，插在头上，缀在衣襟上，拿水碗或是罐头瓶养了。罐头瓶真是稀罕物呢，奶奶有。是来拜访奶奶的那些本家叔叔伯伯们送的。也不多，每年里，有那么一两回，他们来，提着罐头来。罐头是糖水梨的，或是糖水橘子的。好吃得不要不要的。奶奶舍不得吃，最后，大多数都偷偷给了小丫头吃。奶奶最疼小丫头。

　　空罐头瓶成了小丫头最珍贵的宝贝，她用来收藏石子、落叶、羽毛等杂七杂八的东西，也用来插花。一罐头瓶的花，摆在家神柜上，简陋的家，变得光彩照人。被生活重压压弯了腰少有笑脸的妈妈，出出进进的，看到家神柜上的一罐头野花时，她的脸上，也会掠过淡淡的一抹笑纹。小丫头偷偷观察过，妈妈笑了，她很开心。

　　小丫头还趴在地上，看蚂蚁搬家。她嫌蚂蚁跑得慢，自作主张地把一只在翻越土块，犹如翻越一座小山的小蚂蚁，送到一株棉花的高枝上去了。那只蚂蚁一下子离家"千万里"，有点惊慌失措。小丫头还捉蜻蜓，用棉线扣住蜻蜓的脖子。唉，可怜的蜻蜓，没办法飞了。村庄的炊烟升起，家里的小羊出来寻她。那小羊真是通人性呢，跟小丫头最好，一见到小丫头，就欢蹦乱跳地奔过来。一个小丫头和一只羊，走在回家的路上。通常这个时候，夕照满天。

　　我这么回忆的时候，很想抱抱那个小丫头了。她扼杀了多少麻雀的孩子呀，又让多少小蚂蚁流离失所，还有那可爱的小蜻蜓，它们那么无奈地被她捉住，失了自由。我原谅了她。那日子自有清苦中的芬芳，叫我如此想念。

　　我怎么就回忆起这些来了呢？皆因那单纯清澈的时光,回不去了吧。

冬日即景

五日

我喜欢跟树木花草们一起虚度光阴。

这几日，都是暖阳。我在午后，铁定是做不了什么事的，我要出门去。

我惦念生态园里那一片琼花。我想看看冬天它们的叶子。

一路都是好风光。我的小城之好，在于它四季明朗，然又不过分泾渭分明。冬天里不是满目皆萧条，总有些花在开着，杜鹃、月季，还有些小野菊。有些草也还绿着，却又有茅花，顶着一头的白，站在一条河边，静默不语。鸟雀们在树木深处喧哗得厉害，它们不用背井离乡南迁，在这里，可以安然越冬。

我如愿见到琼花。叶子有变红的，有变黄的，有青色的，斑斓得像油画。我把它们捉进我的镜头，每一幅都能直接裱了，挂墙上当装饰画。

遇到一树燃得沸沸的枫叶。一对老夫妇绕着它转。老先生举着相机，让老妇人站过去，跟枫树合个影。老妇人见我在看她，有些不好意思，说，不拍了吧不拍了吧。我笑笑，走开去。回头，看到老妇人正偎着那一枝儿红叶，笑得满脸生辉。

遇见夕阳。像一只吹足了气的大红气球。我待在湖边，从芦苇丛中看它。我以为它会飘落下来。它当然没有，只留给湖水一道靓丽的背影。

它慢慢小下去，最后，成了一颗糖果，甜蜜地化了。

水晶心
的柚子

六日

一直买红心柚子吃，汁多，酸甜，很合我的意。所以买柚子，我只买红心的。

今日路过水果摊，看到一堆新到的柚子，不倒翁似的挤在一起。我受了勾引，停下来，瞟一眼，问摊主，是红心的还是白心的？

摊主回，水晶心的。

我笑了，这叫法有趣，动人，由不得多看她两眼。粗黑的一女人，眼睛亮，我霎时对她产生好感。眼睛亮的女人，多半心地纯洁。尽管这样，我还是只相信红心的。抬脚走，边说，红心的才好吃呢。

女人在后面叫，大妹子，我这水晶心的，你吃了才知道，不信，我劈一个你尝尝，你买不买都没关系。

话已说到这份上，我倒不好走了，更兼她一声大妹子。我退回去，眼看着她劈开一只来，白心的！我心想着，我尝一下，反正我不会买的。

结果是，我被我之前的固执给颠覆了！我真没吃过比这更好吃的柚子，鲜嫩，饱满，香甜，皮又薄得很。

我买几只提手上，欢喜地想，这遇见水晶心的柚子，也算美好的一种。如同识人。我们总是先入为主，带着主观臆断去看待人。事实上，有些人，不是你所想象的那么不堪交往。深入之后，你会发现，他就像一只水晶心的柚子，内里藏着无限的智慧与芬芳。

采得一枝
枫叶归

七日

在阳台上洗衣，随意往楼下瞟一眼，看到楼下的那棵枫树，颜色又比昨日深了些。它是慢慢在上妆，慢慢打着腮红，画着红唇，它陶醉在它的芳华里。

枫树下突然有个人影一闪，我好奇了，索性不洗衣了，靠着窗，看那人做什么。密密的枝叶遮住那人的上半身，只看到那人的蓝衣裳的一角。他是踮着脚尖的，向上、向上。我猜测或许是个有情趣的老先生，禁不起这一树绚丽的招引，他许是在用手机给它拍照。又或是在赏观叶子上的脉络，那血管一样的生命流向，很值得细细把玩。

我等着他从树下走出来，想着以后若在小区里遇见了，我一定要主动跟他打声招呼。因他爱着我的爱。那人影忽然一闪，真的从那密密的枝叶间钻了出来，我哑然失笑，"他"竟是个青年女子，女子手上执着一枝火红的枫叶。她原是为寻一枝最好看的攀折下来。

女子可能感应到什么，她抬头朝我看过来，似乎有些难为情了，把那枝枫叶，往怀里拢了拢，急急的，转过一幢楼的墙角去了。

我终于笑起来，想她"偷"的有趣，这枝枫叶，将插在她的小屋里，她每看一回，心里定乐一回。对枫叶来说，也算是得遇知己呢。

　　包饺子。青菜剁碎了，猪肉剁碎了，虾肉剁碎了，摊几张蛋皮，剁碎了。又木耳、粉丝悉数剁碎了。又生姜、葱，剁碎了。肉末下锅，油炝。其余食料加盐、酱油、醋，和肉末一起调拌，再打几只鸡蛋进去。饺子馅儿成了。

　　日子如此活色生香。

　　日子就派这么活色生香的。

　　看一个辟谷减肥的妹子，日夜为吃与不吃纠结着。好不容易坚持一个星期，出来后，啥都想吃，心理上却有暗影了，认为吃就是对自己的犯罪，搞得憔悴不堪。我实在忍不住了，对她发声，我说，妹子，人生唯文字和美食不可辜负，只要不过于肥胖，没必要折磨自己。顺应身体的需求，就像花儿吸食露珠。

　　说完后，我觉得我的说法有问题，人生又岂止文字和美食不可辜负？生命中的拥有，皆不可辜负才是。

　　黄昏散步，遇几小朵车轴草的花，花小小的，眉眼儿微皱着，很倔强的样子。还有几棵榆树，细密的小小的黄叶子，像镶着小金属片子。还有一种松，叶子乱蓬蓬地红起来，不修边幅，却好看，好看得要命。也时见一棵两棵六角枫，夺目着。

　　枫树下的石凳上，共坐着一老妇和一老先生，他们脸对着脸，热烈地在说着什么。他们挨得那么近，看向对方的眼神，又专注又认真。我想着，那是爱的一种。他们一定很相爱。

　　河里有小舟，舟上有人在撒网打鱼。河水青碧碧的，浩荡着。我等着他拉上网来，看网里有没有鱼。鱼没有，有蜗螺、水草和杂七杂八的东西。他捡拾掉那些杂物，再次撒网下去。水疼痛地叫了一声，哗啦，四散开去。

　　银杏树的叶子全掉光了，枝条疏朗，它的每一个脉络都看得真真的。还闻见桂花香，时不时地，从哪里跳出来，惊我一惊，咦！桂花还在开着么！

　　听鸟鸣声无数粒，粒粒都像银豆儿似的，叮当着。又目送一颗夕阳，从树隙间，渐渐跑向一排房子后头去了。我捡了几片枫叶，留着夹在书里做书签。

　　月亮早早地跑出来了，像一把漂亮的银梳子。

深夜
宁静

九日

很少一个人走夜路，我都快忘掉深夜宁静的模样了。

今日跟两个友人小聚。一家小餐厅，随意点两个小菜，喝了点咖啡，杂七杂八说了一车轱辘的话，直到餐厅打烊。又转到餐厅大堂去说话，在灯光迷离的一角。三个女人就那么叽里咕噜半天。所聊都是些什么呢？——厨房里的水煮鱼片和清蒸草鸡，新学会的菜。屋门前不知什么地方跑来的小野菊和一串红，沸沸的，开了一片了。单位门口新添了煎饼摊子，十五块钱的煎饼里，包了鸭肉，香极了。家里爱喝酒的那个人，唉，常醉呀。儿子似乎恋爱了。脸上新现出的斑点，听说有去斑的呀。好呀好呀，我陪你去。沿路多了几棵开花的树……

女人的话，就是多。从厨房，到外面世界。从男人，到孩子。哪一样都不能缺，哪一样都是女人的爱。

约好下次再聚的时间。夜已深了，各自回家。我一个人慢慢向北走，她们两个骑着电瓶车往南。街道静了，一些店铺还有灯光，然声音早已敛了。偶有车驶过，也是寂静的。路边树上零星的叶子，被风拨弄的声音，很响，欻欻欻的，有挣扎的意思，似在说，不要啊，不要啊！

月亮真透亮清澈。像半朵花。像什么花呢？我想了想，它像婺源的山上开的油茶花。用它做个发簪应不错。天上再无一物。

我就这样一路走，一路仰头望，看它跟着我走。它仿佛是我的，我又是这个世界的。很奇妙。

进我的小区，所有的窗口，都闭了灯光，只有油茶花一般的月亮，挂在楼顶上。夜实在是深了。

阳台上的蟹爪兰

十日

蟹爪兰开花了，也没和谁商量，它说开就开了。

我有点欢喜，又有点生气，不像话，你该广而告之的嘛。

十多年了，我都不记得是怎么带回它的。以我的粗枝大叶随遇而安的性情，它能存活这么长时间，真是奇迹。其间，它几回枯死过，后又自动复活，我也不去管它，由着它的性子忽冷忽热的。

也曾带过别的蟹爪兰回来长，我是想搞出一个蟹爪兰的花廊来的，——既然它这么好长，这么爱自作主张，别的蟹爪兰也应该效仿。

然我再没成功过，那些捧回来的蟹爪兰，原本也是精神抖擞的，在开过一茬花后，渐渐萎了。想不通！唯这盆，像个长寿星，历练得仙风道骨不坏身了。入夏时，叶片透亮新嫩得如同小孩子的肌肤。到秋冬，叶子有了些皱纹，花苞苞却开始往外吐，一日一日饱满、膨胀，最后，当是"嘭"的一下，从里面跳出个穿红裙子的小姑娘来。

它简直跟个妖精似的。

夜晚的天空也漂亮，像开满了蟹爪兰。一枚不甚圆满却温润盈盈的月亮，被那些花朵儿一样的云朵托举着，像孵着的一枚鹅蛋。我确信，夜半，当我们都睡着了，一只白天鹅会从里面飞出来。可能会飞到一些人的梦里面，也可能不会。这一切，我阳台上的蟹爪兰会看得见，它没有睡。

如果一颗心是花草的样子

十一日

心情不好的话，看看花就好了。

有一会儿想哭，好想哭来着。又拔掉了一颗牙，这是第三次拔牙。因要等着伤口长起来，暂未补牙。我就那么缺着一颗牙，不想出门，心烦意乱。偏那人又不解我意，就某事和我争执。好吧，我们吵了。

我把自己关进书房，本想好好生气来着。一朵蟹爪兰，在我电脑旁耍杂技，头朝底，脚朝上，红红的裙摆张开着，而且是件蛋糕裙，丝质般柔滑的。我都猜到这个"小姑娘"在暗暗窃笑，在我跟前又得意又显摆。我看着看着，也笑了。

勿忘我持久地举着星星点点的浅紫，站在我的一只雕花木头瓶子里，巧笑倩兮。还有玫瑰莲，搁在窗台边，我也不大管它，它自个儿地长，从一寸高，长至快一尺高了吧，头上顶一朵貌似玫瑰的"莲花"，也跟耍杂技似的。又滴水观音的叶片儿上，盛满阳光，那上面似乎能养条小金鱼。

我这么看着它们，觉得很不好意思生气了。生什么气呢！你看，花开得这么好！

在抽屉里乱翻，刚好看到从报上剪下来的一些文章，也都是写花的。老舍的话说得最得我心：

我只把养花当作生活中的一种乐趣，花开得大小好坏都不计较，只要开花，我就高兴。

还有一个作者写得也好：

如果一颗心是花草的样子，她自然会找到自己的土壤和气候，把自己轻轻放下，再轻轻绽放，把整个人间都安放在自己的花香里。

真好，如果一颗心是花草的样子，哪会有怨愤嗔怒呢！

厨房里传来烹饪之声，知那人在忙活着。我走去看，那人说，洗手去吧，快吃饭了。

哦。我答应一声，笑眯眯的。

嗯，餐桌上的瓶子里，一枝康乃馨开好久了。听说外面的蜡梅开了，什么时候带一枝回来插。

十二日

去参观杨博士的一个养鱼场，在海边。有几千亩之大。

杨博士在美多年，说是掌握了世界上最先进的养鱼技术。他携了技术回来，是被政府当外商引荐的。

养鱼场不是露天的，而是搭了钢板屋，让鱼们住着。

鱼也不是养在水塘里，或是池子里的，而是养在塑料水箱里。一水箱里，拥有着数千乃至上万条鱼。鱼生存所需的各项指标，全是电脑实时操控。缺氧了，就赶紧加氧。温度低了，就赶紧升温。水在水箱里自动循环往复，昼夜不息。

我进去，里面不见天日。用电筒的光，照了照，看见水箱里面有数条尾巴在动。我脱口道，这些鱼是一天的天日也见不着啊。心里面还想了一些，它们不知道太阳，不知道月亮，不知道风，不知道雨。

杨博士展望鱼的前程。啊，五百平的地方，一年能赚六百万，他告诉我。

哦，我点头。我的眼前，却晃过从前的小溪流。还有屋前的小池塘。碧水清清，小鱼儿在里面快乐地游弋着，蹦跳着。波面上，一片光影掠过，如跌碎了一池的阳光。

**你的牙
我的牙**

十三日

喂，您是朱某某吗？哦，您好。您的牙到了，您什么时候来一趟呀。好，最好中午来，中午不忙。

喂，您好。戴老板，不好意思，您的牙还在厂子里呢。啊，您很急？我也急呀，我一天都追好几趟的。您且耐心点儿，您的牙应该这两天就有了。

喂，钱奶奶好啊，您老的牙都搁这儿一个星期了。哦，您又没空啊。好吧，您有空就来吧。

这是在医院的牙科门诊。满耳听到的全是您的牙我的牙，我听着听着，就笑了。若是换成你的手我的手，你的脚我的脚，你的耳朵我的耳朵，或别个的什么，似乎都很恐怖。唯独这你的牙我的牙，是可以单独满世界溜达的。

一个老人在纠结于装什么牙。牙医给出的是选择题，要便宜的，还是贵的？便宜的材料简单，贵的么，使用寿命会长一些，材质也好一些的。牙医取出样品摆到老人跟前，各种色泽和质地的牙齿，摆了半张桌子，琳琅满目。老人看看这个，摸摸那个，最后下定决心，说，还是装个最简单的吧，能吃就行，我也过不了几年了，不浪费钱。

牙医愣了下，笑笑说，行，老人家，您尽管放心，虽是便宜的，但一定不会影响您使用的，你会吃嘛嘛香，用个二十年，肯定没问题。

老人开心地笑了，笑得满脸褶皱全都堆到一起。老人今年 80 岁。

我想给那个牙医献朵花。

尼加
拉蓝

十四日

　　晚上出门的好处是，温柔。一切温柔得能掐出水来。

　　即便是这么凛冽的天。是的，风很有点凛冽了。即便这样，一切看上去，也还是温柔的。夜色弥漫着，不是那种漆黑的，而是朦胧的，被水晕染开来的。道路、房屋、灯光、行人，也都罩上了朦胧色，一副有情有义的样子。仰头，可以见到天空，云被风吹到一边去了，像只巨鳄张着大嘴巴，然给人的感觉又不是凶猛的，倒像是在打呵欠。它困了呢，要睡了。另一边的天空，铺着厚厚的蓝，是一种尼加拉蓝。

　　也是今日得知，有一种蓝，叫"尼加拉蓝"。电视里，几个模特穿着一身尼加拉蓝的衣裙，款款走在舞台上，像一湖的水在荡。我查了一下这名字的由来，原来因它像极尼加拉大瀑布，故以此相称。当时并未觉得这叫法有多贴切，这会儿看夜晚的天空，倒是再形象不过了，那冷静的厚厚的蓝，岂不如瀑布一般？

　　月亮从"瀑布"里，探出了半张脸，橙黄的。还有另半张脸，是慢慢儿浮出来的。似乎在用瀑布擦拭。等它的一张脸，完完全全还原了，那脸蛋就光洁得能当镜子照了。我在这面镜子的照耀下，一路走着，一路想着什么，想着想着笑起来，也不知笑什么。

荷一样安
静的时光

十五日

抄诗，洛夫的《众荷喧哗》：

众荷喧哗

而你是挨我最近

最静，最最温婉的一朵

要看，就看荷去吧

我就喜欢看你撑着一把碧油伞

从水中升起

我向池心

轻轻扔过去一拉石子

你的脸

便哗然红了起来

惊起的　一只水鸟

如火焰般掠过对岸的柳枝

再靠近一些

只要再靠我近一点

便可听到

水珠在你掌心滴溜溜地转

你是喧哗的荷池中
一朵最最安静的夕阳
蝉鸣依旧
依旧如你独立众荷中时的寂寂

我走了，走了一半又停住
等你
等你轻声唤我

读它，唇齿清香，仿佛咬了一口桂花糖藕。

想起初恋时光。素颜。麻花辫。草花编的花环。白凉鞋。还有一树的蝉鸣，哗啦啦如流水。树影子摇摇晃晃，摇摇晃晃，在一个人的眉宇间。他不说话。她不说话。彼此悄悄望上一眼，也够咀嚼一辈子似的。

最终却没有走到一起。那年的一个冬夜，她亲手烧去很多书信。那晚的月亮，如同今晚，刚升起的时候，像一个红红的大气球，在东边天上，慢悠悠地飘呀飘呀。

　　没有人唤她。没有人知道她的痛。她手脚冰凉地回到屋里，用暖水瓶焐了许久，才回过神来。

　　回忆这些的时候，是微笑着的。那荷一样安静的恋爱，那荷一样安静的时光，令人怀念。因为路过一池的芳菲，再多的雨，也忽略不计了。

买快乐

十六日

　　逢到一个卖鱼的，卖的竟是现在少见到的小鱼，过去我们叫它"小踩鱼"。小，一指长而已，全身银白。它在水里面喜欢吐泡泡，活泼畅快，老像踩着水在跳舞，也许这就是它名字的由来吧。

　　我们蹲在桥码（倚水而搭的搭脚之物）上洗碗，在碗上蒙上一层塑料纸，上面掏个小洞。碗里的玉米粥渣子，被水稀释了，四散游开去，逗引得这些小鱼，一个个钻进小洞里来，争抢着那些渣渣，唼喋有声。等碗差不多满了，我们把碗端离水面，一碗的小鱼，就成了俘虏。中午的下饭菜就有了，咸菜炖小鱼。小鱼好吃，咸菜也好吃。

　　欣喜于这么多年了，居然还能相遇到曾经的气息。我们对这个卖鱼的，一下子亲切得如故知，彼此聊得很开心。他说他有渔船，每天做的事，也就是捞鱼。全是野河里的鱼，绝对的野生野长。我们欢喜地点头，一个劲儿点头，买下他篓子里剩下的鱼，互留电话号码，相约了，以后若有这样的鱼，一定要给我们留点儿。

　　提着这样的鱼回家，心里快乐得不得了。我们把这叫作"买快乐"。

　　晚上，那人用咸菜烧小鱼。我吃了将近一盘子，感觉自己已胖得像只冬眠的熊了。胖就胖吧，美食当前，不可辜负。何况，是这童年的味道！我为自己的贪吃找着借口，一边跟那人商量着，下次给那卖鱼人带件御寒的大衣去。那人惊讶，太好了，我才想到这事，你就提出来了。我们都看到那卖鱼人穿得单薄。这真令我高兴，多年夫妻成一人，我们是。

　　好吧，胖胖的"小熊"外出消食。我们一路沿着河边漫步，一个大大的圆圆的红月亮，悄没声息的，从一片林子后冒了出来。那人说像只新烤的烧饼。我看着像盏红灯笼。哎，我们的眼光多么不同，然不妨碍我们看着这个大月亮，都兴高采烈的，恨不得为它举杯，喝上一杯才好啊。

万物原都是太阳的孩子

十七日

我把每个晴和的黄昏，都当作是上天的恩赐。

这样的黄昏，有奇妙无比的云彩，像一群舞姿优美的女孩子，随意一个动作，都叫人着迷。艳红的夕阳，欢快的鸟鸣，还有那些随风轻摆的茅花，这一切，与冬日的黄昏多么般配。

我又追着一个滚圆的落日走。

它永远比我走得快。它很快走过一棵树，又走过一棵树。越过一片水，又一片水。它在洁白的茅花上，洒下点点金粉。我忍不住伸手去摸，我的手指，似也沾上金粉了。

然后，我惊呆在一个湖边。我看到夕阳的卵，密匝匝地砸下来，像下着一场密集的橘红的雨，雨点儿一路砸向湖里去，湖水瞬间被染得通红。哦，天，夕阳把卵产在湖里！会孵化出小鱼还是小虾呢？那些螺蛳，也是它的卵孵化出来的吗？甚至那些水草，来年夏天的那些荷和莲花，都是么？

万物原都是太阳的孩子。

一炉火

十八日

出门办事，打不到车，就坐了辆三轮车。

踏三轮车的是个约莫五十多岁的男人，一路上跟我诉苦，日子艰难的种种，上有老下有小，都得他负担着。而钱又不好赚，还要经常受到交警的处罚。

我不知拿什么话安慰他，只能以"哦，是吗"，这简洁的字眼，来表明，我在听着，认真听着。

他说了一路，我便"哦，是吗"一路。

下车时，我把钱递给他。他对我展露出一个感激的笑，他说，谢谢你啊。

他谢我的，当是我的倾听。

刘亮程曾写下这样的话："落在一个人一生中的雪，我们不能全部看见。每个人都在自己的生命中，孤独地过冬。我们帮不了谁。我的一小炉火，对这个贫寒一生的人来说，显然杯水车薪。他的寒冷太巨大。"

刘亮程说的，似乎有道理。然而，我们有着一炉火，总好过什么也没有的。那么，就送出这一炉火吧。也许，对一些人来说，他所求并不多，只要这一炉火的温暖，也就能稍稍暖和一下他的身子。就像这个三轮车夫，我虽不能给予更多，但我能做到倾听。这倾听，在他，就是一炉火。虽没有给他带来实质性的帮助，却能让他的灵魂，得到片刻的舒缓。

生活再多的艰难，一个人也能扛了，而憋在心里的话，却不知向谁说去。这才是最折磨人的事。

生活
之一种

十九日

　　一个在北京打工的孩子，拖着他的全部行李，奔了我来。

　　孩子的经历有点特殊，小时被姑姑家抱养，亲生父母又生下小弟小妹，与他关系疏远。年少时叛逆顽劣，待到醒悟时，初中已读完了，没能考上高中。姑姑家生活困难，且姑父姑姑年纪已大，又体弱多病，他便独自外出打工，想挣笔钱，让姑父姑姑过上好一点的日子。几经辗转，到了北京，栖身在一家火锅店里。却一直被实习着，没有工资拿。

　　这孩子偶然间读到我的书，被我书中的快乐所鼓舞所激励着。他找到我的微博，在后台留言，对我讲述他的故事，说亲生父母对他的冷血和无情。我心疼，他比我的儿子还小呵！我于是母爱泛滥，给他回复：

　　宝贝，不去多想那些不快乐。想想姑姑姑父是爱你的，那就够了。爸妈的事，暂搁一边吧，毕竟没有共同生活过，感情上是有疏离的。有时我们得原谅人性的弱点，努力让自己变得强大起来。在火锅店打工，其实也能学到东西的，每天你要接触各种调料呀菜蔬呀酒水呀，每天要迎来送往不同的客人，这也是生活之一种呢。你也只是暂时在那里，不会永远做着实习生，等积攒了一些钱，想想自己喜欢做什么，给自己一个职业规划，然后，朝着那个方向去。不足的，去弥补，去学习。各行各业，缺的不是人，而是人才。只要你肯努力，肯钻研，让自己成为一个"人才"，到时，你所苦恼的人生无意义之类的，也会烟消云散了的。

宝贝，别泄气，也别着急，你还年轻得很，有的是年轻做资本。挤出点滴时间读书学习，你并不知道哪些知识对你有用，但，书读进去了，总没有害处。谁知道播下一颗种子，会开出什么花呢？咱播着就是了，总有花会开的。有机会来我这里，我带你吃好吃的。

我没想到，这孩子竟真的立即辞了工作，拖着他的全部行李，奔我而来。

因下午有场讲座，跟他见面也只是匆匆的。知他没吃早饭，我找了一包饼干让他临时垫垫肚子。又带他去吃午饭，愁着怎么安置他。幸好遇见图书馆的沈馆长，托他帮忙，给这孩子找份包吃包住的工作，沈馆长爽快答应。我讲座完了，一直惦记着这孩子有没有安置下来。微博上询问，这孩子很快回复，已安置下来了，且发来一张收拾好的床铺图。

很开心，这个孩子暂时食有所食，居有所居了。但愿他今后所遇皆好人，但愿他也努力做一个好人。

二十日

额发中，又发现两根白头发，通体透亮。拔去。像拂去两粒尘一样。也没有伤感。人上了年纪，或到了一定年纪，知道跟岁月和解了。不去恼恨，不去抗争。有什么好抗争的呢！顺应自然，乃是最好的活法。

那人每日下班归来，直奔厨房。他做什么我吃什么，不挑。他渐渐地喜欢上厨房，能炒上几个菜，也会烧鱼了。

今日，他提一小袋的河虾回家，举袋，喜滋滋对我说，你看，野生的，肯定超级好吃。

我笑了。我在他的喜滋滋里，看到幸福的模样。我们做着饮食男女，我们在饮食里亲密无间。

看萧红的《生死场》，好似有一个大大的血洞敞着，往外汩汩地冒着黑的血。

王婆，金枝，麻面婆，五姑姑的姐姐，月英……每一个女性身上，都有着那么多压抑的苦楚和血泪。

"月英是打鱼村最美丽的女人。她家也最穷，和李二婶子隔壁住着。她是如此温和，从不听她高声笑过，或是高声吵嚷。生就的一对多情的眼睛，每个人接触她的眼光，好比落到棉绒中那样愉快和温暖。"

　　上天赐给这个女人的美丽也是白搭了，她嫁到一个最穷的人家。贫贱夫妻百事哀，想她又能得到多少的爱意和温暖呢！这样一个美丽的女人，从不高声笑，也不高声吵嚷，在那个"人和动物一样忙着生，忙着死"的乡村，是很不正常的了，她心里该蓄着多少苦痛？想日子就这样暗哑着过，挣扎着也总能往前走上一程，她会生一堆娃娃，泡在苦水里苦熬。然上天连苦熬的机会都没给她，她瘫痪了，男人的穷凶极恶，加速了她的枯萎，她最后变成了一具骷髅："她的腿像一双白色的竹竿平行着伸在前面。她的骨架在炕上正确地做成一个直角，这完全用线条组成的人形，只有头阔大些，头在身上仿佛是一个灯笼挂在杆头。"

　　她死了，被葬在荒山下。一个美丽的女人的一生，就这么，匆匆完结了。

　　晚上去体育场走了几圈。因天寒，操场上人不多，天地就变得很阔大起来。操场边的杨树，叶子业已掉光，那些光秃着的枝丫，在黑夜里看过去，很是干净清爽，坦坦荡荡。一棵树有了坦荡，就如同一个人有了坦荡一样，无端叫人生着敬意。

　　天空亦是干净的，坦坦荡荡的。星星只有一颗，亮得很，像谁遗落的一颗红宝石。或者可以这么说，它就是天空的小心脏。

冬至日

二十一日

冬至日。大冬大似年。家乡风俗，有大冬吃汤圆之惯例。

从前在老家，祖父母都在，这样的节气，必是隆重得很。我们小孩子更高兴的是，有汤圆可吃，那是我们认为的美食。一年里能吃上美食的日子，屈指可数，从新年算起，春节算一个。端午节算一个。中元节算一个。中秋节算一个。剩下的，就是这过冬了，也就是冬至日。

先一天晚上，晚饭过后，碗筷都收拾完了，厨房里还氤氲着玉米稀饭的味道，小桌上，已搁着一只匾子了。打好的糯米粉，雪白雪白的，堆在里面，像小雪堆儿。祖母和母亲两个人，就着匾子，麻利地搓着汤圆。我们兄妹几个，跳进跳出，不知怎么表示快乐才好。昏黄的灯光，照着祖母和母亲的脸，她们的脸上，现出月光般的温柔色。日子真是安详，万事万物，无一样不好。

而今，祖母走了已十年了。祖父也走了八年了。父亲去了淮安大弟那里带小孩，母亲一人在家。电话她，妈，今天要吃汤圆哦。母亲恍恍地笑，啊，汤圆。一个人吃什么汤圆啊，我煮了点粥喝。

不是给你买了现成的放冰箱么，你下点吃嘛。我说。

一个人吃什么汤圆啊。我妈语气幽幽的。可能她怕我不高兴，随即笑了，说，哦，吃呢，我吃呢，一会儿就去下汤圆。

心下恻恻，曾经的繁茂，终零落成这样。

　　菜市场上有现做的汤圆卖，那人一早去买，芝麻馅的。我们一人下一碗，那人说，卖汤圆的说，这个现做的，要比超市里卖的好吃得多。

　　我应一声，唔。咬一口，一嘴的芝麻香。

　　外面下着雨。这个冬至日，一切都不似从前了。幸好还有汤圆在，可以暖胃暖记忆。

二十二日

与一座山相遇。

山叫"云山"。在萧山。

初入这个城市，看离天黑尚早，也便换了双平底鞋出门，本打算只在街上随便走走就回的。然走着走着，就忘了回头。

顺着一条河走下去，河边多树木。在江北早已掉光叶的树，在这里，还呈现出秋天的富丽堂皇，一树的金黄，或是一树的火红。遇到卖柑橘的。遇到卖小饰品的。遇到卖竹器的。我在那里停留了好一会儿，看摊主——一个中年男人，用刀削一块竹片，削成细细的竹条，把它编成小篮子。摊头上，已搁着好些那样的小篮子了。还有几只做好的笔筒，不插笔，就插几枝小野花进去，比如一年蓬，当最配。我似乎看到一排竹子，枝叶沙沙地站在山上，风也吹过，霜也打过。不知为何，心里很欢喜，又很感动。谁还在意这些手工做成的篮子和笔筒？但我想，总有人在意，不然，这个男人也不会摆出这个摊子，他更是以它来养家糊口的吧。这世上，每一个存在，都各有其存在的理由。

忽然看到山。像一根青色飘带，荡在一些建筑的边上。大喜，直奔过去，有入口，称之"云山"。

沿石级上山。枫树还在红着。黄金树还在黄着。很多别的树，都还是绿的。我一边走，一边想着，登山之趣，在我，是能遇见一些树，遇见一些花，遇见一些鸟。因为是在山上，它们更有着自由的性灵，想怎么生长，就怎么生长。想怎么歌唱，就怎么歌唱。

花自然是有的，是茶树开的花。小朵的白，很秀气。鸟自然是多的，在树丛里，唱着它们的歌。

也听不到别的声响。一座山，静静卧着，它就在红尘之中，就在喧闹里。仿佛彩盘中的一青螺，自有着它的清静澄碧。

大地安好

二十三日

早起，入住的酒店旁有个小公园，我跑去锻炼。

一拨老人在舞扇子，音箱里放的是越剧。还有一拨老人在练气功，一招一式，舒缓有致。

我在那里，一边慢跑，一边看他们，也看树，也看花。这是很真切的活，这一时，这一刻，大地安好，天空安好。

有两棵石楠树，太茂盛了，吓到我了。我只见过盆景般的，没见过这么高大俊朗的。它们称得上富态丰腴。蓬勃的枝叶间，镶着一撮撮艳艳的红果果，红玛瑙般的。它们是珠宝插满头。真是富丽！

认识了海枣树，我一直误把它当椰子树。它也不曾生过气。植物比人要大度多了。

粉色的茶花，成片在开。还有波斯菊和三色堇，还有格桑花。也有桂花的香气，不时跑过来凑趣儿。我有点恍惚，这江南的冬天，有点不像话，它根本没拿出冬天的样子，真是胡闹。唉，却又叫人这么喜欢。

太阳从一幢楼房后爬上来，红着张脸。树木花朵的脸，不知怎的，也跟着红起来。似乎发生了什么事，令它们特别不好意思起来。

我走过两个老人身边，听到他们在聊。

今天是个大晴天啊。一个说。

是啊，这么个大太阳。另一个答。

　　我笑了。这琐碎的废话，岂不是我们日日都能遇见的小欢喜？我们在这样的琐碎和唠叨里，安然度日，心宽体胖。

我期待着
每一场相遇

二十四日

四季海棠又名四季秋海棠、蚬肉海棠，原产印度。

这是很得人心的一种花卉，花期长是一方面原因。色泽之美，是另一个重要的原因。花有橙红、桃红、粉红、莹白等等，不管春夏秋冬，它都能一如既往，初心不改地捧出好颜色来。叶也极美，如打了蜡似的，绿得发亮。

冬至已过，别的花早就萎了，只有它，还在兢兢业业地开着花，小朵的花，像用玻璃做的。看久了，又像咧开的小红唇。

也只一眼，我就认出了它，它在萧山，在我入住的酒店门口的花坛里。它们活泼的身影，让一场邂逅，婉转清扬起来。我因了它们，喜欢上那家酒店。

人与植物相遇，也是缘分。谁知道下一刻会相遇到哪一朵花哪一棵树呢？因为这样的不确定性，人生才充满期待的吧。

我期待着每一场相遇。

平安夜。有人叫它"耶稣节"。是与受难有关的，结果变成狂欢。

一部分人很抵制，痛心疾首，认为狂欢的人是背叛和愚昧。

我笑了。何苦这么较真？大家也只不过是找着由头，祈求平安罢了。且受难者当初的愿望，不就是祈祷众生都能脱离苦海，获得幸福与平安么？纪念的方式，不单单是用眼泪，也可以用欢笑和歌声。活着的要好好活着，才是我们共同的追求。

　　我收到了两只包装很喜庆的苹果。一笑，很开心地收下。

我住在
宁静里

二十五日

　　那人写一幅字送我，且录下：

　　亲爱的，圣诞节到了，送你一件梦的衣裳，用阳光彩虹编织，吉祥如意点缀，鲜花彩铃装潢，愿你的一生永远吉祥幸福。

　　笑哈哈收下。这件"衣裳"，是无价之宝。

　　两个人在一起，要保持幸福并不难，常有好颜色相赠，常有好言语相送，便够了。只有悦色悦耳，才能悦心。亲近之人，也定要如此。因为，亲近之人是用来爱的，而不是用来漠视和伤害的。

　　常喜欢到一个林子里去，或去往郊外的河边，或漫步在一条少有人迹的小路上。我就那么走啊走啊，一点声响也没有，除了我的呼吸声和脚步声。我停下来，四面观望，风不动，水不流，树叶子聚集在树上，阳光的花朵开在枝上。飞过的鸟雀，像些小逗号，竟也是悄无声息的。我再走，走啊走啊，还是没有声音。我几乎要流泪了，为那样的宁静，为我一个人的拥有。

　　今日风大雨大，还是撑着伞，独自外出走了一会儿，听雨敲打在伞上，雨敲打在树上，是一曲风雨颂。风住在风里面，雨住在雨里面，我住在宁静里。

心存仁善

二十六日

　　蒲松龄写的《王六郎》，是很值得玩味的一个故事。

　　王六郎，在遇见渔夫许氏之前，是个默默无闻的鬼。翩翩少年，却生性好酒，一次酒醉溺亡，做了鬼。一做就是数年，不得超生。

　　渔夫许氏来了。这也是个好酒的汉子。这里我得插说一句，蒲松龄的高明就高明在，看似随意安插的一事一物，实则都是匠心独运。这个故事得以进行下去，最关键的，也就是"酒"这个道具了。酒在这里，是个媒介。王六郎好酒，许氏也好酒，鬼与人，就有了气息上的相通。

　　许氏捕鱼都在夜晚。这个"夜晚"选得好，倘若白天，鬼是不会出来活动的。不过，在夜晚捕鱼的人也不独独许氏一个，他们都未曾引逗得王六郎现身，这说明王六郎很挑哎，他不是见谁都"心动"的。

　　许氏的特别，特别在"酒"上。他来捕鱼，必携酒至河上，先喝上一通酒再说。——如果单单是这样，许氏就不是后面王六郎心目中"拜识清扬"的许氏了。仁善，才是他身上最大的亮点。

　　饮则酹地，祝云："河中溺鬼得饮。"——这是许氏。他这举杯祭酒于地的动作，泣鬼神了。这个动作里，他的侠肝义胆，如一支烛光，把夜的黑，照得通明。我们看到了，王六郎也看到了。他报答他的是"他人渔，迄无所获，而许独满筐"。对这一些，许氏还蒙在鼓里，只当是他运气好呢！

　　直到有一天夜晚，王六郎现身，二人畅饮终夜，许氏还不知王六郎是个鬼魂。王六郎每每酒后为他驱鱼，第二天他卖鱼沽酒，再陪王六郎共饮，日日相约，竟成知交。如此，一晃的，半年过去了。

　　故事到了这里，起波澜了，王六郎业满，他要投生去了。许氏这才知道，跟他喝了半年酒的小酒友，竟是个鬼魂。他虽舍不得这分情谊，还是替王六郎欢喜："然业满劫脱，正宜相贺，悲乃不伦。"二人畅饮通宵，于天明洒泪分别。

　　若故事在这里戛然而止，未尝不可。王六郎得以超生，许氏还做着他的渔夫，他还会携酒河上，独饮独酌，只是他会想一想曾经的少年鬼友，想想他投生到哪样的人家，岁月在他，也是挺充实挺厚道的。

　　可是，蒲松龄不，他又抖出一个大"包裹"，让读者的情绪跟着激荡不已。原本王六郎的替死鬼已有人选，是一妇人。妇人也按命运的旨意，准时到达河边，堕入河中。妇人溺水时，许氏在远处看得真真的，他不忍，想救，可又纠结于那是替代王六郎的。在选择王六郎还是选择妇人时，许氏的天平，自然倾斜给了王六郎。——这个选择，也许日后会成为许氏心中的结。倘使妇人真的溺毙，许氏会矮下去，他身上仁善的光芒，会熄灭，这个人物也就淡了，沦为一般了。

　　全篇的精彩，就在这里，妇人没死成。妇人没死成，是因王六郎的仁善。蒲松龄在这里，给妇人添加了羁绊———一个婴儿。妇人是怀抱着婴儿来的，妇人溺水时，"儿抛岸上，扬手掷足而啼"，王六郎于心不忍，他不愿用二人性命，来替代他一人的，故又出手救了妇人。

他这一出手，救的不只是妇人，也救了他自己，救了许氏。不然许氏该有多内疚，日后想念他的心，怕是也要削减几分。这下好了，许氏心中的一块石头落了地，他感叹道："此仁人之心，可以通上帝矣。"这才叫惺惺相惜呢。

果然，双双通神。王六郎由鬼成了神，一方的土地神。许氏是王六郎的旧交，成了土地神的王六郎，再报相遇之恩。神与人约见，演出大圆满。

心存仁善，往往在成就别人的同时，也成就了他自己。

热烈

二十七日

下了两天的雨，停了。太阳出来，光芒万丈。猛不丁和这样的太阳碰了面，忍不住要轻呼一声，啊，出太阳了！如久别重逢。

这样的好阳光，不敢浪费。被子们去晒太阳。鞋子们去晒太阳。花草们去晒太阳。实在没东西可晒了，我把自己放到太阳底下，晒。

一只喜鹊，飞来，蹲在我窗外的晾衣架上，好奇地朝屋内张望。它看见了我，小脑袋不住地点点。又看了看我，再次点点小脑袋。然后，飞走了。它一定带着一肚子的好奇的吧？它逗乐了我，我微笑了好久。

蟹爪兰已开疯了，花瓣怒张，花蕊像长长的舌头，往着虚空里伸去，仿佛那里有诱人的甜，让它实在抵挡不住。每看它一回，我都要且惊且喜着，这小小的花朵，到底从何而来？又怎么会有那么多的热烈？太热烈了！

抄一美食方子，觉得颇好操作，来日想一试。生活里有两样东西不可或缺，一是文字，一是美食。他年若是写不出文字了，我还可以做做美食，让普通的食材，翻新出不一样的口味，那也是一种了不得的创作的。

附今天所抄美食方子：

蜜汁土豆：土豆洗净，蒸熟去皮，捣成细泥。什锦果脯蜜饯切成碎末，放入土豆泥中拌匀。易拉罐剪去两头，成六厘米长的圆筒，放平盘中，塞入蜜饯土豆泥，揿实，成型后倒入盘中。冰糖加水烧融，煮稠，再加蜂蜜、糖桂花成蜜汁，浇在土豆泥上即成。

约定

二十八日

他和她，相伴走到九旬，世事风雨，都变成了他们脸上的皱纹手臂上的斑点。坎坎坷坷的日子，被他们写成平平仄仄的诗行，行行里，都是一双脚印，叠着另一双的，一双手，牵着另一双的。他们，从未曾有过分离，这是他们的爱情。

然病痛，却分开了他与她。他的心脏出了问题，住进 ICU 病房，无法挪身。她的股骨骨折，也住进同一家医院，动弹不得。横亘在他们之间的几层楼，在他们，却如同远隔苍山洱海了。他好想她啊，她好想他啊，想得眼睛痛。

他多器官衰竭，自知活不长了，遂放弃治疗，他要回家。回家前，他跟医护人员提出，想最后拉一次她的手。

她被医护人员推了进来。病床之上，他们四目相对，就那么望着，望着，想把对方望进骨头里去。望进骨头里去还不行，是要刻在骨头里的，长生不老。"既见君子，云胡不喜？"——古老的《诗经》，唱响的可是他们这一刻？她颤巍巍地伸出她的手来，执了他的手，轻声道："我会照顾好自己的。等我好了，我就去找你。"

等我好了，我就去找你。——只轻声一语，却力似千斤。这个世上，最美的约定莫过如此，尘世天堂，两不相负。

爱有永恒吗？爱有。他们活在报纸的一端。一则新闻，上面刊着他们执手的照片，两张病床相挨，躺着的两张脸深情地对望着。这个早晨，我就这样被我不认识的一对老人，弄湿了眼眶，心软塌塌的。外面的天空蓝，云朵白。

玉人和月摘梅花

二十九日

　　我知道蜡梅开了。

　　我有预感。

　　它是每年冬天必来造访的老朋友。眼见着冬天消瘦下来，树也瘦了，水也瘦了，云也瘦了，它翩然而至。也不是空手而来，而是携着一身的香。它真是礼节周到，轻敲人家的窗或门，送进一缕香来，小声问，能饮一杯无？

　　怎么不能！我恨不得它天天来造访。冬天因它，才叫人生出期盼和欢喜来呢。

　　我跑去楼下看。那里一棵蜡梅，从春到秋，都是一树青绿的叶子。大而阔的叶子，与精巧的小花朵，似乎很不搭。可它就是蜡梅。秋末的时候，它跟随草木的大潮流，叶子也枯黄、掉落，——然这只是个幌子，它才不要沉睡呢，它的欣欣好日子才开始的。不过几日，那枝条上，已爬出一个一个的花苞苞，像生长着一粒一粒的米。余下的事，交给风，交给雪。风一场，雪一场，那花就开了，香气四下里漫游，——这才是蜡梅的做派，断不叫人失望，凋落之后，有着更美的期待。

　　我在它边上逗留，采得一枝，回来插一只雕花酒瓶子里。去年插的一枝尚在，花朵已风干，风骨犹存，骨骼奇秀。我想这两枝花，这么重逢了，怕是也有着千言万语呢。

　　喜欢贺铸写的梅花，"玉人和月摘梅花"。表面上是写那妙龄姑娘，

实际上夸的，还是梅花。月下的梅花，清香四溢，逗引得屋子里的姑娘
坐不住了，她不顾寒冷，踩着花香踩着月光，摘得一枝仙葩。

　　谢谢蜡梅。

把春天
钓回家

三十日

　　每年的岁末，我都会买些花回来，我喜欢用这种方式送旧迎新。

　　今年也不例外，特地驱车百十里，去往一个花卉市场。

　　"眼花缭乱"这个词，用在花卉市场才叫贴切。花们花枝招展。它们理所应当的花枝招展。各各的色彩，都托着张艳丽的大脸庞。茶花、杜鹃、蝴蝶兰、仙客来，仿若天宫里的仙子全下凡了。

　　又各色兰花，如大家闺秀般的，端着。似乎在它们跟前摆上一架瑶琴，它们就能舒袖轻弹，口拈诗行，嘤嘤而鸣。我也只看看，这"大家闺秀"好则好矣，只我照拂不了，我不想它们因我的粗心疏忽而气急攻心，香消玉殒。

　　我最喜仙人掌类的，多皮厚肉糙，贱生贱长，合我性情。我也是乡间土生土长的丫头，这么多年，没别的本事，倒是越来越自由随性了，倒也能安居常乐。我买一盆仙人球，再买一盆仙人棒，又买一盆芦荟。

　　水仙花是必买的。没有水仙花的冬天，失去十分之一的韵味了。冬天的韵味，雪占一分，蜡梅占一分，茅花占一分，冰凌占一分。掉光叶的树，线条明朗，如碳素画，占一分。雪中的红果，石楠上的，或是南天竹上的，独擎明艳，占一分。高远的天空，消瘦的河流，滚圆的落日，各占一分。

　　看水仙花球，在一盆清水里，慢慢冒出芽来，慢慢站立起来，慢慢抽出长长的叶，捧出小小的花苞，犹如捧着一颗小小的心，那乐趣，绝不亚于看一个小孩成长，从婴儿，到咿呀学语，到站立，到会走路。等它把酝酿久矣的花香，慢慢撒播开来，春天，也就闻香而来。我喜欢看着它，用心良苦地准备着钓饵，把春天钓回家。

每一个日子，都用心相待

三十一日

去年的今天，也是这般天蓝云白。我阳台上的蟹爪兰，也是这般开着。它们开着开着，就开疯了，颜色泼洒得到处都是。像一个人喝酒喝到正酣处，刹不了车了。那么，好吧，就拼个一醉方休。

花的性情，也如同人的。率真些的、热烈些的，不装不伪的，总更叫人喜欢和接近。

翻看两本日记本。这里面记载着的，都是我这一年的日子。一本扉页上写着：做个安静美好的人。再一本扉页上写着：闲静少言，不慕荣利。

回顾这一年，很让我高兴的是，我基本上做到了这两点。没有淹没在废话里，没有淹没在荣利中。我坚守着内心的坚守，只安静地做着一个我，读书，写作，画画儿，行走，偶尔绣几针十字绣。每一个日子，都用心相待。

也还是沉迷于大自然。一得空了，就跑过去。近处的，远处的。常常一个人走着走着，听不到别的声响，只有树在绿着，花在开着，水在流着。我仿佛也成了其中的一枚叶，一朵花，一滴水。这种感觉，甚是干净和美好。

也常做点傻事情，且乐此不疲。比如，跟着一个月亮走。比如，追着一个夕阳跑。春看桃花红了脸。冬赏苇花白了头。夏听蝉鸣，被一池一池的荷花惊了心。秋寻秋叶。在一树一树的金黄或绯红下，不舍离去。

　　这一年，值得感激的事有很多。

　　首先我要感激我的父母。他们健在，我就仍有老家可回。三月里，我回老家陪父母小住，在老家门前种花，一畦大丽花，一畦波斯菊，一畦格桑花。那些花，很快疯长起来，绚烂地开了花。把我妈的脸，映得也像一朵花了。这很令我开心。

　　其次我要感激家人健康，我也健康。虽拔去几颗牙，虽摔伤过膝盖，虽头疼脑热过几回，但总的来说，损耗不是太大，我还活蹦乱跳着。尤其是，脑子还好使，记忆力也未曾衰退，还能一口气把屈原的《离骚》背下来。

　　我也要感激我的读者。你们给予我的热情和爱太多太多。每到一处，几乎都被你们的热情和爱淹没了。与其说是我温暖了你们，莫若说是你们温暖了我。感谢每一场相遇。感谢有你们在!

　　我还要隆重感激这个和平的年代。时代宽容友好，作为我们个体的人，也才能获得更多幸福。看《南京大屠杀》，我一边悲慨，一边庆幸，幸好我们错过了那个年代。没有战争、饥荒、杀戮、逃难，做人，也才自有尊严华贵。

　　这一年，我到过很多地方，每到一处，我首先拜访的是那里的花草。一个地方少有花草，这个地方，就失了柔软，一点也不可亲了。

南京二月里赏梅。三月里赏樱花。都是沸沸扬扬的。

查济是个古村落。二月里不见杏花开。然一个老人留下的一首诗里，却有花香四溢。他写道："十里查济九里烟，三溪汇流万户间。祠庙亭台塔影下，小桥流水杏花天。"很诱人。我在查济的小桥流水旁，一棵一棵，去辨认哪些是杏花树，想象它们一树花开的样子，竟也有满鼻的芬芳了。

上黄山，我不是去看松的，不是去看云的，是去看黄山杜鹃的。我看时，花未全开，含苞着，小嘴巴鼓鼓的，粉嘟嘟的，很惹看。走过一个挑夫，他停下，说，这个时候的黄山杜鹃最好看了，全开起来，反倒不好看了。我记住了他说的这句话，且常常会想起这个人来。想起来，就微笑一下。说不上为什么。或许是因为对美的认同。

到枫泾。古建筑看多了，也没啥的。倒是那从黛瓦顶上，满满垂挂下来的丝瓜花和扁豆花，让我对那个地方喜欢得不得了。静夜里，独自走在寂静无人的街道上，听虫鸣从那些花间传出，高高低低，长长短短，让人如置《诗经》之中。那样的体会，真是可遇不可求。

在篁岭，看晒秋。看满山的油茶花，开得不要不要的。到长溪，本是冲着那里的红叶去的。雨中，徒步穿行于大山之中，没见到红叶，却见到一地一地的野葱花儿，紫雾一般地弥漫着。觉得真是不虚此行。

　　佛山多的是三角梅。排山倒海的三角梅。还有小叶榕树。在一个校园里，我见到一棵像一幢房子似的小叶榕树。因那些三角梅和那棵榕树，我很想在佛山多住上十天八天的。

　　在深圳的街边，遇到一种很奇特的树。树干笔直、结实且光滑，像用水泥铸造的，枝叶却秀美得很。像个高个子的美人。拖住路边的人问，这什么树？问了一个又一个，都回不知。实在不死心啊，就一路走着，一路问下去，最后，得知，它叫"盆架子树"。很奇怪的叫法哎。开花时，满树镶白，花香浓郁得能熏晕人。我很想在它开花的时候去，被它熏一下子。

　　最难忘的是新疆。雪山，林谷，草地，漫天漫地的野花开。那不是人间，是天堂。我跟它已相约了，有生之年，我还会再去的。

　　这一年，我读书不算多，读了张岱的。沈复的。杨绛的。丰子恺的。沈从文的。木心的。汪曾祺的。史铁生的。黄永玉的。简媜的。毛姆的。王小波的。顾城的。因为儿子喜欢东野圭吾的书，我也跟着看了几本东野圭吾的。还读了两本趣说历史的。把《聊斋》翻了两遍。

　　最大的收获是，《古文观止》里的一些篇幅，我反反复复阅读了，且做了些批注。有些篇章，因看多了，能熟背出来。每天仍翻一两章《红楼梦》。里面采用的东台方言甚多，觉得好玩。细想下，当是应该，林黛玉之父林如海，本在扬州任巡盐御史，扬州话跟东台话是同出一系的。

读书最大的体会是，书不在于读多，而在于精读。不在于读得快，而在于慢读。如细火炖汤，慢慢儿地，那些食材也才能入了味。又如吃饭，细嚼慢咽，方能品出饭菜滋味。又如走路赏景，须得眼睛和心皆带上，细细看，那一草一木，一砖一瓦，也才能入了眼入了心。

这一年，我也写了不少字，出了几本书。当它们抵达陌生人的案头时，我唯愿，它们是明亮的，温暖的，芳香的。亲爱的陌生人，我祝福你！

图书在版编目（CIP）数据

每一个四季，都是自己的人生 / 丁立梅著 . -- 北京：
作家出版社，2023.7
ISBN 978-7-5212-2347-7

Ⅰ. ①每… Ⅱ. ①丁… Ⅲ. ①散文集－中国－当代
Ⅳ. ① I267

中国版本图书馆 CIP 数据核字（2023）第 104343 号

每一个四季，都是自己的人生

作　　者：丁立梅
责任编辑：省登宇　周李立
装帧设计：弘果文化传媒
插　　图：顾小屿
出版发行：作家出版社有限公司
社　　址：北京农展馆南里 10 号　　邮　　编：100125
电话传真：86-10-65067186（发行中心及邮购部）
　　　　　86-10-65004079（总编室）
E-mail:zuojia@zuojia.net.cn
http://www.zuojiachubanshe.com
印　　刷：北京盛通印刷股份有限公司
成品尺寸：145×210
字　　数：210 千
印　　张：10.75
版　　次：2023 年 7 月第 1 版
印　　次：2023 年 7 月第 1 次印刷
ISBN 978-7-5212-2347-7
定　　价：49.00 元